한
포물선이

다른
포물선에게

한
포물선이
다른
포물선에게

박 정 애

가족소설

사□계절

차 례

~~~~~~

~~~~~~

정란

뜨겁게 달군 스테인리스 팬에다 먹다 남은 갈비찜 국물을 붓는다. 불을 약하게 조절한 뒤, 찬밥 덩어리와 건채 후레이크를 넣고 주걱으로 섞는다. 국물이 밥알들에 잘 녹아들었다 싶을 때 참기름을 넣어 다시 한 번 볶는다. 가스밸브를 잠그다 피식, 웃는다. 어제저녁 갈비찜을 먹을 때 딸아이가 했던 말이 생각나서.

엄마, 내일 아침 메뉴 맞혀 볼까요? 이 국물로 밥 볶을 거지요? 맞죠? 맞죠?

볶음밥 네 주발, 오이냉국 네 대접을 퍼 담는다. 스크램블 달걀 한 접시, 배추김치 한 접시를 식탁 가운데에 놓는다. 마지막으로 수저 네 벌.

부엌 베란다로 난 창문을 열고 밖을 내려다본다. 남편과 딸아이가 배드민턴을 치고 있다. 남편이 친 공이 기다랗게 포물선을 그리며 다세대주택 3층, 우리 집 베란다 바로 밑까지 올라왔다가 떨어진다. 마음만 먹으면 내 손으로 공을 잡아채서 딸아이한테 던져 줄 수도 있을 성싶다. 딸아이가 공에서 시선을 떼지 않고 달려가 냉큼 받아 친다. 주말 아침마다 아빠한테 레슨을 받고 주중에는 가까이 사는 제 사촌이랑 연습하더니 실력이 꽤나 늘었다.

길게 또는 짧게 포물선을 그리며 왔다 갔다 하는 공을 바라보는데, 별안간 눈앞이 뿌예진다. 요즘 아이들 말마따나 '멍 때리는 병'이 도진 것이다. 선생님, 수업 시간에 가끔 멍 때리고 계시는데……. 그거 아세요? 반장 아이가 며칠 전 내 눈치를 살피며 말했었다.

창틀을 부여잡고 눈을 끔벅거리다 머리를 흔든다.

"여보, 민지야, 아침! 아침 식사!"

남편이 나를 올려다보며 고개를 끄덕이다 민지가 보낸 공을 놓친다. 민지가 깔깔깔 웃으며 라켓을 흔든다. 말이 빠르고 몸도 재바른 아이. 욕심이 많은 만큼 다부지게 노력도 하는 아이. 민수가 저 녀석 반만 따라가도 무슨 걱정이 있을까.

창문에서 몸을 떼자 시선이 앞집 파라볼라 안테나에 머문다.

파라볼라, 포물선…….

마음의 수면에서 길고 짧은 포물선들이 들쭉날쭉 솟아오른다.

포물선, 쌍곡선, 초점, 준선, 춘희, 동백꽃, 한 그리움이 다른 그리움에게……. 그리고 류뚱, 개새끼.

"민수야, 민수야아, 일어나 밥 먹자."

아들아이 방 앞에 서서 방문을 두드린다. 두드리는 것쯤으로 녀석이 일어날 리 만무하다. 그래도 오늘은 일요일. 여유가 있다. 살그머니 방문을 연다. 방문 잠금장치는 제 아빠가 오래전에 없애 버렸다. 걸핏하면 문 잠가 놓고 들어앉는 버르장머리를 고쳐 주겠다고. 이제 문을 잠가 놓지는 않지만, 일없이 빈둥거리는 버릇은 여전하다.

"민수야, 엄마는 말이야, 아침부터 우리 민수한테 소리 지르고 싶지 않거든. 얼른 일어나라, 응? 세수하고 밥 먹어야지. 시계 좀 봐. 벌써 아홉 시 반이나 됐지 않니?"

민수는 기지개를 쭉 켤 뿐, 눈을 뜨지 않는다. 입가에 침 버캐가 소금 가루처럼 허옇게 붙어 있다.

"일어나. 안 일어나?"

목소리에, 그리고 아이한테로 다가가는 발걸음에 힘이

들어간다.

"지금 일어날래, 이따 아빠한테 벌점 받고 일어날래?"

아빠, 벌점. 두 단어에 아이가 눈을 뜬다. 그러나 몸을 일으켜 욕실까지 가는 데에 민지가 동네 한 바퀴를 도는 시간이 걸린다. 아들이 아니라 나무늘보를 키우는 꼴이다. 쯧쯧, 혀를 차려다 겨우 참는다.

통, 통, 계단 올라오는 소리가 들린다. 민지는 늘 저렇게 계단을 통통거리며 뛰어 올라온다.

"엄마아, 밥! 배고파요!"

"그래. 대충 씻고 얼른 먹어."

뒤따라 들어온 남편이 민수 방을 살핀다. 내가 현관 안쪽에 붙은 화장실을 가리킨다.

남편은 일곱 시에 일어나 거실과 안방을 청소하고 빨래를 해서 널고 쓰레기를 내다 버리고 민지와 배드민턴을 쳤다. 민지도 아빠와 나가기 전에 제 방을 정리하고 독후감 숙제를 끝냈다. 나는 부엌과 냉장고를 청소하고 아침 식사를 준비했다. 우리 집에서 제 몫을 못 해내는 사람은 아들아이뿐이다.

민지와 남편이 겨끔내기로 안방 화장실에서 씻고 나올 때까지 민수는 얼굴을 보이지 않는다. 남편이 현관 화장실 앞으로 가서 소리친다.

"민수 너, 1분 이내에 안 나오면 벌점 1점이다. 2분 지나면 2점, 3분 지나면 3점, 분당 1점씩이다."

"저…… . 지금 못 나가는데요."

"왜? 왜 못 나와?"

"똥 싸는데요."

식탁에서 민지가 피식, 웃는다. 나는, 입술을 깨문다. 남편의 눈초리가 파랗게 화를 낸다.

민수는 상황이 저한테 불리하다 싶으면, 화장실에 숨는다. 숨어서는, 똥을 싼다고 한다. 밥 먹다가도 공부하다가도 청소하다가도 그놈의 똥을 누러 도망친다. 일단 싸러 들어가면 함흥차사.

그래도 부모인데 똥 눈다는 자식놈을 문 부수고 끄집어낼 수는 없는 노릇이다.

"여보, 그냥 우리 먼저 먹자."

내가 남편의 손목을 잡아끈다. 남편이 한숨을 거푸 쉬며 따라온다.

"민수 쟤, 오늘 설거지시켜. 이십 분 안에 못 끝내면 구두도 닦이고 제 교복 다림질도 시키고. 시간 딱 정해 놓고 시간 안에 못 끝내면 하루 종일이라도 시켜."

남편의 표정과 말투가 신경에 거슬린다.

"알았어, 알았다고. 알았으니 밥이나 먹자."

알았다고 하면서도 속으로는 '설거지든 뭐든 자기가 시키면 되지 왜 나더러 이래라저래라 명령이야?' 하는 마음이 뽀조록뽀조록 돋아난다. 어쩌면, 남편의 목소리에 류똥의 지겨운 설교 레퍼토리가 떠올라서일지도.

시키면 시키는 대로 해. 왜 시키는 걸 안 하고 지랄이야? 네년들이 지금 큰 착각을 하는 모양인데, 세상은 네년들 멋대로 사는 곳이 아냐. 학교에서 일등으로 배워야 하는 게 뭔지 알아? 시키면 시키는 대로 하고 사는 법이야. 네년들이 나중에 시집을 가서도 마찬가지야. 서방이 여기하고 저기 좀 치워 놓으시오, 하면 치워 놔. 안 치웠다가 뒈지게 얻어터지지 말고.

그 말을 처음 들었을 때, 나는 그의 부인에게 연민을 느꼈더랬다. 우리 역시 류똥에게 걸핏하면 얻어터지지만, 그래도 류똥과 평생 같이 살지는 않을 터였다. 그러나 그의 부인은……

"아빠, 오늘 저 이차방정식 활용하는 법 좀 가르쳐 주셔요. 그냥 계산하는 거는 잘하는데 식 세워서 푸는 걸 잘 못하겠어요."

민지의 말에 남편 입이 귀밑까지 찢어진다.

"그래그래. 네 나이 때 아빠도 그거 어려워했어. 알고 보면 쉬운 건데 말이지. 아빠가 우리 민지 백 점 맞을 수 있게 잘 가르쳐 줄게."

남편을 탓할 일은 아니다. 나도 민지 같은 아이가 키우기 편하다. 하지만 어쩌랴. 민수도 내 배 아파 낳은 내 자식인걸.

입맛이 떨어져 밥알을 께적거리며 숟가락 뒤쪽을 물끄러미 바라본다. 스테인리스 볼록거울 속에 내 얼굴이 귀를 붙들린 채 대롱거리는 헝겊 인형처럼 걸려 있다.

나는 류똥의 양손에 귓바퀴를 잡힌 채 강제로 창밖을 내다보았다. 귀가 떨어져 나갈 것처럼 아프고 진한 남자 향수 냄새에 숨이 막혀서 정말이지 바깥 풍경은 눈에 들어오지도 않았다.

"창밖이 보고 싶었어? 수업 시간에?"

아뇨. 그냥 눈앞이 뿌예져서 고개를 돌린 거예요. 창밖이라고 해야 운동장밖에 없는데 보고 싶긴 뭘 보고 싶겠어요?

"봐라, 봐. 이 새끼야. 내가 이렇게 높이 쳐들어 주니까 더 잘 보이지? 봐. 더 봐."

마침내 제 팔이 아팠던지 류똥이 손을 놓았다. 다리로는 재빨리 의자를 치워 버리면서.

나는 교실 바닥에 엉덩방아를 찧고 책상 모서리에 머리

를 부딪쳤지만, 류똥이 무섭고 내 모습이 부끄러워 신음 소리도 내지 못했다.

그 무렵의 나는 느닷없이 가수(假睡) 상태에 빠지는 버릇이 있는, 예민하고 우울한 소녀였다. 담임 선생님과 국어 선생님은 그런 나를 이해해 주셨고 다른 선생님들은 나한테 별다른 관심이 없었건만, 유독 수학 교사인 류똥만 나를 못살게 굴었다.

나는 그게 예쁘장한 내 짝 춘희 때문이라고 생각했다. 류똥은 내 자리에 앉는 걸 좋아했다. 아니 내 자리에 앉아 춘희를, 그때는 그걸 '추행'이라는 말로 정의할 줄도 몰랐지만, 추행하는 걸 좋아했다. 류똥은 춘희의 옆얼굴에 시선을 고정하곤 꽃향기를 맡듯 콧구멍을 벌름거렸다. 그러다가 슬그머니 춘희의 귓불을 만지거나 겨드랑이께 연한 살을 꼬집었다. 춘희가 어쩔 줄 몰라 하며 등허리를 옹송그리면, 류똥은 마치 대단한 위로나 해 주는 모양으로 춘희의 목덜미에서 허리선까지를 손바닥으로 쓰다듬었다. 그의 얄따란 손바닥은 춘희의 브래지어 끈 주변을 특히 좋아했다.

그 시간에 나는 뭘 했냐고?

나는 칠판 앞에서 류똥이 빼곡히 판서해 둔 문제들을 풀어야 했다. 적어도 다섯 문제 이상, 때로는 열 문제도 풀었다. 하나같이 진저리 쳐지는 시간이었지만, 포물선을 배울 즈음이 제일 심했다.

류뚱은 어린아이처럼 신이 나서 포물선 여러 개를 그려 놓고 색분필로 꼭짓점을 칠했다. 빵빵한 쌍곡선을 그려 분홍색 꼭짓점을 칠할 때는, 뒷자리에서도 얼마든지 그의 거친 숨소리를 들을 수 있었다.

"야아, 요거, 요거, 빵빵하네. 요런 건 꼭지도 예쁜 분홍색으로 칠할 수밖에 없지! 얘들아, 뒈지게 예쁘다, 그치?"

류뚱의 끈적거리는 눈길이 갑작스레 춘희의 가슴에 꽂히면, 춘희는 홍옥처럼 빨개진 볼을 양손으로 감싸고 한없이 고개를 숙였다. 류뚱은 홀쭉한 포물선에는 갈색 분필로 꼭짓점을 칠하며 오만상을 찌푸리고 혀를 찼다.

"이건 축 늘어져 갖고……. 쩝. 이런 건 꼭지도 거무죽죽해. 에이, 못생겼어. 안 그러니, 얘들아?"

물론 아이들은 입을 바늘로 꿰맨 듯, 아무 말도 하지 않았다. 요즘 아이들 같았으면 동영상을 촬영하여 인터넷에 올리고도 남았을 걸, 우리는 그저 가슴 달린 여자로 태어난 걸 창피스러워했을 뿐이었다. 감히 류뚱에게 불만을 제기한다거나 어딘가에 류뚱을 고발한다거나 하는 생각은 꿈에서도 하지 못했다.

아이들은 류뚱도 미워하고 춘희도 미워했다. 둘 다 더

럽고 재수 없다고 했다.

나로 말하자면 속마음으로는 춘희를 좋아했다. 얼굴을 뒤덮다시피 한 좁쌀 여드름 때문에 거울 앞에 설 때마다 땅이 꺼져라 한숨을 치쉬고 내리쉬던 나로서는 뾰루지는 커녕 땀구멍 하나 안 보이는 춘희의 매끈한 피부가 너무 부러웠다. 동공이 유달리 큰 맑은 눈과 도톰한 입술, 잘 익은 사과 빛깔의 볼도 내 것이기를 바랐다. 춘희는 착한 짝이었다. 류똥 때문에 내가 매번 지겹게 수학 문제를 풀어야 하는 게 마치 자기 탓인 양 늘 미안해했다. 내가 지우개나 샤프심을 빌려 달라고 하면 제격, 기쁜 얼굴로 빌려주었다.

하지만 그런 춘희를, 겉으로는 미워해야 하는 게 내 처지였다. 아이들은 춘희 때문에 제일 고생하는 내가 자기들 기대치만큼 춘희를 괴롭히지 않는다고 못마땅해했다. 개중 몇몇은 나한테 대놓고 춘희를 해코지하라 시켰다. 춘희 도시락에 가래침을 뱉어 놓으라는 둥, 춘희 가방에 칼자국을 내라는 둥. 나는 버럭, 짜증을 냈다.

"왜 나한테 이래라저래라 명령이야? 너희가 직접 해. 왜, 류똥이 보복할까 봐 무서워? 나도 그래. 류똥이 무서워서 춘희도 못 건드리겠어. 나더러 어쩌라고? 지금도 류똥한테 당하는데 더 어떻게 당하라고?"

민수가 식탁에 앉는다. 남편이 벌점 타령을 하기 전에, 내가 낮은 목소리로 민수를 으른다.

"너 오늘 설거지해. 이십 분 안에 끝내야 해. 시간 안에 못 끝내면 구두도 닦고 교복도 다려야 해. 그러니까 빨리빨리 해. 알겠지?"

"빨리빨리 뭘 하라고요?"

민수가 묻는다. 민지가 촉새처럼 나선다.

"설거지, 구두 닦고, 교복 다리고."

"설거지구두를 닦으라고? 그게 무슨 말이야?"

"오빠아아아아, 사오정 짓 좀 그만해! 설거지하고 구두를 닦으랬지, 누가 설거지구두를 닦으래?"

민지가 발끈하고 남편이 미간을 찌푸린다.

"네가 분명히, 설거지구두 닦고, 이랬잖아."

민수도 가만히 물러서진 않는다.

"내가 언제? 언제? 오빠는 남의 말을 들으려면 좀 똑바로 들어. 왜 맨날 딴소리야?"

민수가 숟가락을 움켜쥐고 씩씩거린다.

"됐어. 둘 다 그만! 민지는 다 먹었음 일어나고 민수는 얼른 밥이나 먹어."

내가 먼저 일어나지만, 민지가 나보다 빨리 제 밥그릇

과 수저를 개수통에 담그고 수돗물을 튼다. 그릇이 말라 있으면 설거지하기 어려우니 개수통에 담글 때 물을 받아 놓으라고 어제저녁에 말했는데 당장 오늘 아침부터 실천 하는 녀석.

앞집 파라볼라 안테나에 눈길이 간다. 민지는 저 안테 나 같은 아이다. 넓은 지역에 쏟아지는 전파를 저한테로 집중시키는 안테나처럼 넘쳐 나는 정보를 잘 받아들여 제 공부에, 그리고 생활에 적용한다.

민수는 다르다. 감도(感度)가 떨어진다. 느린 것은 둘째 치고 정보 해독을 야무지게 못 해 엉뚱한 반응을 보일 때 가 많다. 그러니 민지한테서 걸핏하면 사오정 소리를 듣 는 것이다. 당연히 공부를 잘할 리 없다. 친구들한테서도 무시당하기 일쑤다. 자존심이 없는 건 아니어서 하위권에 서 맴도는 성적과 순탄치 않은 교우 관계 때문에 엄청 고 민한다. 가끔은 밥도 안 먹고 죽을상을 하고 있다. 그렇다 고 집이나 학교에서 큰 말썽을 부리는 법은 없다. 그저, 보 는 사람 부아를 돋울 뿐이지.

지금도, 남편까지 일어난 식탁에서 저 혼자 밥알을 세 고 앉았으니 부아가 치밀지 않을 도리가 없다. 남편이 기 어코 잔소리를 한다.

"야, 김민수, 지금 뭐하자는 거냐? 얼른 퍼 먹지 못해?

네가 사람이야 굼벵이야? 너, 그 굼벵이처럼 느적거리는 버릇 못 고치고 군대 가면 맞아 죽어. 요행히 군대를 면제받은들, 그런 굼벵이 같은 페이스로 뭘 해 먹고살겠어? 군대고 회사고 네가 다른 사람들한테 맞춰야지 누가 네 굼벵이 페이스를 맞춰 주겠냐? 제발 정신 좀 차려라, 이놈아."

"그래, 내가 많이 봐줘서 칠십 점까지는 노력하면 대학 갈 가능성이 있다고 인정해 주지. 칠십 점 이하는, 솔직히 말해서, 일찌감치 공장 다닐 준비를 하는 게 나아. 괜히 대학 가겠다고 깝치느라 부모 등골 빼먹지 말고."

70점 이상, 70점 이하로 나눠 손을 들게 한 류뚱이 교편을 흔들며 말했다. 류뚱의 눈이 춘희를 향했다. 춘희는 70점 이하였다.

"춘희도 공순이 준비해야겠네?"

춘희가 가지런한 눈썹을 일그러뜨리며 대꾸했다.

"고무신 준비를 하라꼬요?"

아이들이 웃었다. 잔뜩 움츠려 있던 70점 이하 아이들까지 어깨를 펴고 낄낄거렸다.

류뚱도 실소했다.

"하긴 춘희는 예쁘니까 공순이를 해도 잘 팔릴 거야."

춘희가 무슨 뜻인지 정말 모르겠다는 표정으로 나를 바

라보았다. 춘희의 눈빛은 뭐랄까, 지상에는 존재한 적이 없었던 어떤 순수의 시대, 순수의 공간에서 우리가 사는 이 타락한 세상으로 불시착한 사람의 그것 같았다.

아이들이 더 크게 웃어 댔다. 나는 춘희가 가여웠다. 마침 알렉상드르 뒤마 피스가 쓴 소설 『춘희』를 읽는 중이었기 때문에 더 그랬다.

점심시간.

"공, 순, 이. 공순이란 말, 첨 들어 봤니?"

춘희가 더없이 해맑은 얼굴로 고개를 끄덕였다.

"공장에 다니는 여자를 그렇게 불러. 공장에 다니는 남자는 공돌이라고 하고. 지금 공부 열심히 안 하면 공순이밖에 못 되니까 공부 열심히 하라는 뜻으로 말했겠지, 류똥은."

"그라마 내가 공순이를 해도 잘 팔릴 거라는 말은 뭐꼬?"

"그건……."

말문이 막혔다. 공순이를 해도 잘 팔릴 거라니? 아이들은 웃었지만 나는 인상을 긁었다. 분명히 어떤 불쾌한 느낌이 있었기에 그랬다. 그러나 겨우 열다섯 살짜리 중학생에 불과했던 나는 그 느낌을, 춘희가 이해할 수 있는 언어로 설명할 수 없었다.

"그건, 군계일학 뭐, 그런 의미 아닐까?"

"군계일학이 뭔데?"

나는 책상 서랍에서 소설책을 꺼냈다. 표지에 탐스러운 동백꽃을 옷깃에 꽂은 흑발의 백인 여자 얼굴이 그려져 있었다. 물론 한글로 '춘희'라고 제목도 떡하니 박혀 있었다.

춘희의 큰 눈이 완전 동그래졌다.

"와아, 이 여자 이름이 춘희가? 서양 여잔데?"

"진짜 이름은 아니고 별명이 춘희야. 이런 여자가 보통 여자들 사이에 있으면 어떻겠어? 눈에 확 띄겠지? 그게 군계일학이야."

춘희의 뺨이 발그레 달아올랐다.

"이 여자가 주인공이가? 뭐 하는 여자고?"

"뭐 하냐면……."

또 말문이 막혔다. 그저 몸 파는 여자라 하기도, 귀족들에게 몸 파는 여자라 하기도, 시골 청년과 순수한 사랑을 나누는 고급 창녀라고 하기도 뭣했다.

"음……. 연예인 같은 거."

"멋지다. 사랑 얘기가?"

고개를 끄덕였다.

"재밌나?"

"아니. 재미없어."

"행복하게 끝나?"

"아니. 슬퍼."

춘희가 콧등에 주름을 잡으며 입맛을 다셨다.

"에이. 그라마 안 읽을란다. 나는, 슬프게 끝나는 얘기는 싫거든."

춘희가 책을 빌려 달라고 할까 봐 조바심을 치던 참이었기에, 나는 휴, 안도의 한숨을 내쉬었다.

"근데 이 꽃 이름이 뭐꼬? 꽃이 이쁘기는 한데, 슬퍼 비네."

"동백꽃이야. 보통 꽃은 꽃잎이 하나둘씩 시들고 먼저 시든 꽃잎부터 한 잎, 두 잎 떨어지잖아. 이 꽃은 달라."

"맞다, 송창식! 눈물처럼 후두둑 지는 꽃!"

"그래, 그거. 동백꽃을 보신 적이 있나요, 눈물처럼 후두둑 지는 꽃. 너도 꽃을 직접 보진 못했구나?"

"응, 생전 처음 본다 아이가."

"난 말이야, 나중에 크면 동백꽃 지는 모습 보러 선운사에 갈 거야."

"나도 데려가 주라, 응?"

춘희가 송아지처럼 순한 눈망울을 굴리며 보챘다.

"그러지 뭐."

춘희가 웃었다. 그렇게 활짝 웃는 모습은 처음 보았다.

하얀 잇바디가 예뻤다.

계집애. 안 예쁜 구석이 없잖아?

내 이는 치열이 고르지 않고 색깔도 누리끼리하다. 이를 안 닦는 것도 아니고 담배를 피우는 것도 아닌데. 질투심으로 목구멍이 싸하니 아렸다.

춘희는 나랑 부쩍 친해진 기분이 들었던지 생전 안 하던 가족 얘기를 했다.

"우리 큰언니, 작은언니도 다 공순이다. 공부 안 해가 그런 기 아니고 집에 돈이 없어가. 나도 어차피 대학 못 간다. 우리 집, 저어어어어기 영양 산골짝에서 농사짓거든. 딸이 여섯이고 막냉이만 아들. 우리 언니들은 영양서 중학교만 졸업하고 바로 공장 갔는데 그래도 나는 언니들 덕에 서울서 중학교도 다니고……. 고등학교까지는 언니들이 시키 줄 낀데, 대학은 바라지도 않는다."

"공부 잘해도?"

"공부 잘하면 명문 여상 가지. 공부 못하면 따라지 여상 가고. 따라지 나와도 여상만 나오면 사무실에서 일할 수 있다 그대. 하얀 블라우스에다가 감색 치마 같은 거 있잖아. 그런 거 단정하게 입고 깨끗한 사무실에서 일하는 기 내 꿈이다. 정란이 니는 꿈이 뭐꼬?"

"나?"

얘기할까 말까. 목소리를 낮췄다. 누가 듣고 비웃을까봐 겁이 나서.

"나는 말이야……. 아무한테도 말하지 마. 시인. 나, 시인이 되고 싶어."

"와, 멋지다. 정란이 니, 글 잘 쓰잖아. 니는, 시인 중에서도 군계일학이 될 끼다."

나는 감격했다. 감정이 지금보다 다섯 배쯤은 풍부했던 사춘기 소녀였으므로. 내 꿈이란 게, 엄마한테도 된통 비웃음을 산 철없는 꿈이었으므로.

춘희의 말투에는 아무런 가식이 없었다. 내가 아무리 철이 없었기로서니 남 듣기 좋으라고 하는 빈말과 진심에서 우러나오는 격려 정도도 구별하지 못했으랴.

그래서 일기장에 적어 놓고 좋아하던 시, 〈한 그리움이 다른 그리움에게〉를 도화지에 옮겨 쓰고 물감으로 수채화 배경까지 그려서 춘희에게 주었다. 춘희는 그 시화(詩畵)를 코팅하여 제 방에 걸어 두었다고 했다.

민수가 느지럭느지럭 설거지하는 모습을 지켜보다 불쑥 궁금해졌다. 민수의 꿈이.

"민수야, 네 꿈은 뭐야?"

"닉쿤? 닉쿤은 가수죠. 별명은 태국 왕자."

"아니, 네, 꿈, 말이야. 김민수, 네, 꿈. 너, 의, 꿈."

"음……. 없어요."

민수랑 얘기할 때는 참을 '인'을 가슴에 품어야 한다.

"좋아. 그럼 너는 제일 행복할 때가 언제야? 무슨 일을 할 때, 제일 마음이 편하고 즐거워?"

"그냥 아무것도 안 할 때요."

"아무것도 안 하는 거 말고오오오. 무슨 일을 할 때냐고 물었잖니?"

"만화책 읽으면서 뒹굴뒹굴할 때. 내 방 침대에서요."

복장이 터진다. 민수를 볼 때마다 집안일이라도 하라고 들볶고 시간을 재고 벌점을 매기는 남편의 마음이 이해가 된다.

20분은커녕 40분이 지나도 민수의 설거지는 끝나지 않는다. 한숨이 절로 나온다.

거실 콘솔 옆 책장에 낡은 시집들이 꽂혀 있다. 언제부턴가 사지도 않고 읽지도 않는 시집들. 정희성의 시집을 꺼내 들춘다. 〈한 그리움이 다른 그리움에게〉가 눈을 찌르듯 다가온다.

어느 날 당신과 내가
날과 씨로 만나서

하나의 꿈을 엮을 수만 있다면

우리들의 꿈이 만나

한 폭의 비단이 된다면

나는 기다리리, 추운 길목에서

오랜 침묵과 외로움 끝에

한 슬픔이 다른 슬픔에게 손을 주고

한 그리움이 다른 그리움의

그윽한 눈을 들여다볼 때

어느 겨울인들

우리들의 사랑을 춥게 하리

외롭고 긴 기다림 끝에

어느 날 당신과 내가 만나

하나의 꿈을 엮을 수만 있다면

책갈피처럼 끼워져 있는, 코팅한 낡은 엽서 한 장. 연애 시절, 남편이 보낸 것이다. 영어로 번역한 문장이 푸른 만년필 글씨로 박혀 있다. From one longing to the other longing.

안방에서 민지를 가르치던 남편이 뭐가 좋은지 하하, 껄껄, 웃는다. 민지도 헤헤, 갤갤, 웃는다. 죽이 잘 맞는 부녀다. 두 웃음소리가 날과 씨로 만난다.

"조정란 91, 손신혜 94, 신혜숙 82, 유분희 25, 심춘희 100, 임미경 52, 장지연 7, 이건 뭐야, 70점도 아니고 17점도 아니고 7점? 7점? 야, 장지연. 너는 그 돌대가리로 문제 푼다고 깝치지 말고 그냥 같은 번호로 찍어. 알아들었냐?"

아이들의 눈은 장지연에게로 쏠리지 않았다. 호명당한 장지연조차 춘희에게 의심의 눈초리를 던졌다.

"전득남 43, 주수정 67, 표경옥 34⋯⋯."

우리 반에서 백 점은 춘희뿐이었다. 배배 꼬인 문제가 유독 많았던 시험이었다. 수학 공부 죽어라 열심히 한 나도 91점, 우리 반 1등이자 전교 1등인 손신혜마저 94점밖에 못 받았는데.

아이들이 모두 춘희를 노려보고 류똥도 춘희를 힐끔거렸지만, 정작 춘희는 책상에 엎드린 채 꼼짝하지 않았다.

그 시절만 해도 선생이 두 눈 시퍼렇게 뜨고 지켜보는데 대놓고 엎드려 있다는 건 선생에 대한 공개적인 반항이요, 거부의 몸짓으로 해석되었다. 그런데 춘희가 류똥의 시간에 감히 그런 짓을 한 것이다.

"심춘희, 일어나 봐라. 백 점짜리 얼굴 한번 보자."

류똥이 제 딴에는 다정스러운 목소리로 불렀지만, 춘희는 들은 체 만 체했다. 류똥의 싸늘한 시선이 나에게로 옮

겨 왔다. 내가 춘희의 반항을 부추겼다고 믿는 눈빛이었
다. 겁이 덜컥 났다. 나는, 죽는 게 무언지도 모르던, 그래
서 죽는 것보다 매 맞는 걸 무서워하던, 석 달 전에 첫 생
리를 시작한 중학생이었다.

내가 춘희 옆구리를 찌르며 속삭였다.

"춘희야, 일어나. 너 땜에 우리 반 애들 전부 다 매타작
당하게 생겼어."

춘희가 흐느적흐느적 팔을 거둬들이고 등허리를 일으
키고 고개를 들었다. 보는 사람이 답답해서 가슴을 치고
싶을 정도로 춘희의 동작은 굼뜨고 느렸다. 나는 행여 류
똥이 폭발할까 조마조마해서 미칠 지경이었다. 빨리빨리,
춘희야, 빨리빨리. 할 수만 있다면 내 손으로 춘희의 등과
목에 받침대를 해 주고 머리를 빗질하여 류똥에게 진상하
고 싶었다.

"야, 조정란. 나와서 시험 문제 1번부터 10번까지 판서
하고 풀어라."

류똥이 명령을 내렸다.

"예."

벌떡벌떡 뛰던 가슴이 그제야 진정되었다. 나는 얼른
자리에서 일어나 교단을 향했다. 성급히 교탁을 떠나 내
자리로 오던 류똥과 좁은 통로에서 부딪칠 뻔했다. 온몸

에 와르르 소름이 돋았다.

나는 정신없이 문제를 베껴 쓰고 안간힘을 다해 정신을
집중하여 문제를 풀었다. 교실이 얼마나 쥐 죽은 듯 고요
하던지 내 숨소리가 제일 크게 들렸다. 류뚱은, 아마도 하
염없이 춘희를 바라보고 춘희의 등을 쓰다듬었을 것이다.
춘희는, 아마도…….

문제를 다 풀고 어색하게 서 있던 나를, 마침내 류뚱이
발견했다. 류뚱이 일어서다 말고 도로 앉아 춘희에게 무
어라 귓속말을 했다. 나는 게처럼 옆으로 걸으며 류뚱과
옷깃도 스치지 않으려 조심했다. 내 책상에 거의 다 도착
했을 때, 춘희가 불쑥 중얼거렸다.

"이번 주 일요일에 비가 올지 안 올지 내가 우째 아노?"

나는 단박에 상황을 파악했다. 류뚱은 이렇게 말했다.
이번 주 일요일, 비워 놔. 춘희는 그 말을 이렇게 들었다.
이번 주 일요일, 비 오나.

지금 와서 하해와 같은 마음으로 이해를 해 보자면, 류
뚱 역시나 극도의 불안, 초조, 긴장으로 제정신이 아니었
을 것이다. 춘희의 환심을 사고 춘희에게 그 제안을 하기
위해 몇 날 며칠을 계획하고 애태웠을 것이다. 그랬는데
춘희의 반응이 그다지도 엉뚱했으니.

예민한 청각으로 춘희의 혼잣말을 고스란히 접수한 류

똥이, 돌아섰다. 그는 한 마리 미친개처럼 거품을 물고 춘희에게로 돌진했다. 미친개에게는 몽둥이가 제격이라는데, 이건 거꾸로 미친개가 함부로덤부로 사람을 물고 뜯는 꼴이었다. 반장이 울며불며 교장 선생님을 모셔 올 때까지 미친개는 발광을 멈추지 않았다.

춘희는 다음 날부터 학교에 나오지 않았다. 언니 둘과 사는 춘희네 자취방에는 전화가 없었다. 춘희가 무단결석한 지 보름쯤 되었을 때, 담임 선생님이 반장과 나를 불렀다.

"조정란은 짝꿍이고 신혜숙은 반장이니까, 너희 둘이서 춘희네 집에 한번 가 봐라. 걔가 집안 사정이 어려운 건 진작 알았지만, 학교를 관둘 땐 관두더라도 절차는 밟아야 하지 않겠니?"

우리는 주소가 적힌 쪽지를 들고 춘희네 자취방을 찾아갔다. 두 시간은 족히 헤맸나 보다. 옷가게 언니와 구멍가게 할아버지와 분식점 아주머니와 길 가던 초등학생 무리의 도움을 받는데도 그랬다. 자동차는커녕 자전거끼리도 마주치면 한쪽은 벽에 바싹 붙어 서야 할 만치 비좁은 골목이었다. 전봇대 근처에서는 독한 지린내가, 수챗구멍에서는 시그무레한 썩은 내가 올라왔다. 마침내 발견한 자취방 진녹색 쪽문에는 어른 주먹만 한 회색 자물통이 달려 있었다.

나와 혜숙이 까치발을 해 가며 겨끔내기로 춘희야, 춘희야, 외쳐 댔지만, 안에서는 아무런 대답이 없었다. 나는 몹시 피곤하고 배가 고팠다. 춘희를 만날 일이 은근히 두렵기도 했다. 그날도 얌전히 류똥 수업을 들은 내가, 무슨 얼굴로 춘희를 대면하고 무슨 말로 춘희를 위로할 수 있을지 암담했다. 한편으론 춘희가 무슨 말을 할지도 겁났다. 내가 감당할 수 없는 얘기면 어떡하지?

"그냥 갈까?"

내가 슬쩍 떠보자, 혜숙이 짜증을 냈다.

"에이 씨. 내일 담임한테 뭐라 그래? 적어도 여덟 시까지는 기다려 봐야 할 말이 있지 않겠어?"

나는 괜히 무안하여 입을 비죽거렸다.

"책임감도 강하셔. 누가 반장 아니랄까 봐. 그냥 여덟 시까지 기다렸다고 뻥치면 되잖아."

혜숙이 눈을 하얗게 흘겼다.

"야, 조정란. 그렇게 인정머리 없이 말하지 마라. 난 오늘 학원도 빼먹고 왔어. 내 사전에, 지각, 결석, 농땡이, 이런 말 없다는 거, 너도 알잖아. 그런 내가 학원을 빼먹었다고. 왜냐? 춘희한테 미안하고 춘희가 안됐으니까. 류똥 그 새끼, 내가 나중에 문교부 장관 돼 갖고 모가지 댕강 잘라 버릴 거야."

혜숙은 언제나 다수파의 생각을 대변했다. 어느새 우리 반 여론은 그렇게 급변해 있었다.

괴롭히랄 때는 언제고 이제 와서 미안하다, 안됐다? 변덕쟁이 계집애들.

나는 입을 다물고 맞은편 집 대문 옆, 시멘트 화단 가두리에 쪼그려 앉았다.

여덟 시 어름까지 기다렸을 때, 어딘가 춘희를 닮은 젊은 여자가 조그마한 가방을 이리저리 흔들며 쪽문 앞으로 다가왔다. 춘희만큼 예쁘지는 않았지만 이목구비가 시원시원하고, 걸음걸이는 춘희보다 훨씬 씩씩했다. 그녀가 자물통에 열쇠를 꽂다 말고 뒤돌아보았다.

"누꼬, 느거?"

우리는 쭈뼛쭈뼛 일어서서 허리를 굽히고 이름을 댔다. 그녀가 뛸 듯이 놀라며 내 손을 잡았다.

"옴마야. 니가 정란이가? 춘희가 니 이야기 많이 하더라. 니가 우리 춘희를 많이 도와줬다메? 춘희 소식 궁금해가 왔나? 드가자. 아이고, 지금 이 시간까지 그래 쭈그리 앉아가 얼매나 지루했노? 배고프제?"

춘실 언니는 라면 한 봉지를 끓여 사발 세 개에 나눠 담았다. 작은 밥솥에는 딱 한 주발의 밥이 남아 있었는데, 언니는 그것도 세 덩어리로 나눴다. 시장이 반찬이라더니 김치도 없는 그 가난한 밥상을 우리는 밥알 한 톨 남기지 않고 싹싹 비웠다.

"춘희 그 가시나 때문에 내가 마 못 살겠다. 무단시리 머리가 빠개진다면서 한 사날 학교도 안 나가고 드러누버 있더마는 고마 큰언니 따라 내리가 뿟다. 우리 큰언니가 연애하던 남자캉 임신을 해 뿌가 배불러 오기 전에 시집 간다고 집에 내리갔거든. 춘희 그 가시나, 학교는 더 안 댕기겠다고 뻗댄단다. 지 복을 지가 발로 차는데, 내가 어예 겠노."

춘실 언니가 쟁반에다 푸른 사과를 내왔다. 알이 작고 흠이 많은 낙과였다. 언니는 그것을 깎지도 쪼개지도 않고 통째로 베어 먹었다.

"딴 얘기는 안 하던가요?"

혜숙이 물었다.

"얘기는 안 하는데, 지 딴에는 많이 힘들었는갑지. 밤에 잘 때 보이, 식은땀을 줄줄 흘리고 가위에도 눌리고. 영악한 도시 가시나들 틈에서 우리 어리숙한 춘희가 어예 살아 내겠나 싶더마는 일이 이래 돼 뿌네."

혜숙과 나는 눈길을 교환하고 함께 고개를 숙였다. 혜숙이 대표로 사과했다.

"죄송합니다. 저희가 신경을 많이 못 썼습니다."

"아이다. 춘희 가가 좀 어리삐리한 거, 나도 잘 안다. 머리가 나쁘지는 않은데 눈치가 쪼매 없어가."

춘실 언니가 손사래를 치고는 우리 손에 사과 한 알씩을 쥐어 주었다.

"친척 아재 집이 사과밭 하는데, 우리 부모님이 거기서 이런 낙과 있잖아, 땅에 떨어진 거, 그거를 줏어 와가 그것도 과실이라꼬, 저 가방 보이제, 저 가방에 이빠이 싸 주시데. 지난 일요일에 나도 큰언니하고 춘희 따라 영양 내리갔다 왔거덩."

한 입 베어 문 사과는 겉보기와 달리 새콤달콤하니 맛있었다.

"내 꿈이 뭔가 그마, 고향에서 사과밭 하는 기다. 이담에 크거든 우리 사과밭에 놀러 온너라. 알았제?"

민수가 현관에 퍼더버리고 앉아 제 아빠의 가죽 구두 바닥 틈새에 낀 흙가루를 꼼꼼히 털어 내고 마른걸레로 문지른다. 싱크대 그릇장에서는 민수가 설거지해 놓은 그릇들이 반짝반짝 마르고 있다.

부엌 베란다 창턱에 햇살이 소복하다. 청경채 화분에 새싹이 빼주룩하니 돋아났다.

식곤증 때문인지 봄 아지랑이 때문인지 창밖으로 눈을 돌리자마자 또다시 얼이 빠진다. 앞집 파라볼라 안테나가 겹으로 흔들리다 자전하고 공전하며 수많은 포물선들을 토해 낸다. 포물선과 포물선들이 얽히고설키며 봄날의 천지를 가득 채운다. 어쩌면, 어쩌면, 인생은 모두 각기 다른 포물선이 아닐까. 저마다의 초점과 준선을 가지고 시간과 공간이라는 운명의 두 축을 넘나들며 부단히 삶의 좌표를 그려 가는…… 대칭축을 기준으로 반절(半折)하면 기쁨과 슬픔이 반반씩인…….

1980년대 중반에 대한민국 서울시 구로구 오류동에서 여자중학교를 다닌 심춘희라는 포물선과 조정란이라는 포물선은 다시 만날 수 있을까. 또 하나의 접점이 인생의 어디쯤에서 우리를 기다리고 있을까.

춘희야. 시인을 꿈꾸던 나는 그저 평범한 국어 교사가 되었어. 누렇게 바랜 시집처럼 내 꿈도 빛이 바랬지. 너는 어때? 단아한 정장 차림으로 깨끗한 사무실에서 일하고 있니? 아니면 고만고만한 아이들 키우느라 정신없이 사니? 지난해 안동 하회마을로 휴가 떠났다가 영양 조지훈 생가에 잠깐 들렀을 때, 춘희 네 생각을 했단다. 혹시 이 근처에서 춘실 언니와 함께 사과 농사를 짓고 있지 않을까. 사과 빛깔 뺨을 가진 춘희가 사과가 주렁주렁 열린 나무 옆에 서서 웃으면, 그 모습이 얼마나 예쁠까. 깨끗한 사무실에서든 사과 향내 가득한 과수원에서든, 춘희는, 춘희의 초점과 춘희의 준선을 가지고 잘 살고 있을 거야. 춘희야, 사실은 내가, 내가 시시때때로 초점을 잃고 허둥대곤해. 내 준선이 흔들거려. 선생으로서, 엄마로서, 내 좌표가어디인지 모르겠어.

돌아보니, 민수는 여전히 현관에 주저앉아 세월아 네월아 하고 구두 광을 낸다.

"민수야, 대충 해라. 그렇게 여유 부리다가 교복은 언제다릴래?"

내 말은 들은 체도 하지 않고 구두 표면에 제 얼굴을 비춰 보는 민수.

헛웃음이 난다. 이 아이가 숫제 구두 광내는 일을 즐기는 건가 싶다.

"김민수!"

아이를 부르는 남편의 목소리에 날이 서 있다.

"지금 몇 시간째 그러고 있는 거야?"

민수가 돌아보지도 않고 고개만 설레설레 젓는다. 모른다는 뜻이다.

남편이 나를 바라본다. 나도 민수처럼 고개를 젓고 싶지만, 억지로 입을 뗀다.

"설거지하는 데 대충 사오십 분 걸렸고, 저거, 구두 닦은 지는 한 시간도 넘었을걸, 아마?"

"그럼, 제한 시간을 얼마나 초과한 거야?"

"시간 제한, 안 했어."

"왜?"

"몰라. 머리가 좀 아파서…….."

말끝을 흐리자, 남편이 비아냥거린다.

"민수 쟤, 매사에 흐리멍덩한 거, 당신 닮은 거야."

남편의 말에 밸이 뒤틀린다. 신혼 때 친정 오빠 빚보증 섰다가 왕창 뒤집어썼던 거, 겉으론 다 잊은 척하면서 속으로는 여태 원망하나 싶다.

"그래, 나 닮았어. 어쩌라고?"

내 꼬부장한 심사를 알아챈 건지 알고도 모른 체하는 건지 남편이 민수한테로 돌아선다.

"엄마가 시간 제한을 안 했으니까 지금까지는 봐주지. 하지만 지금부터 이십 분 이내에 교복 다리는 일까지 마무리하지 않으면 그다음부터 1분당 1점이야. 오늘까지 벌점 47점인 거 알지? 오십 점 넘어가면 1점당 한 대씩 맞기로 약속한 것도 알고? 현재 시각 열두 시 십오 분이야. 시작!"

가만 놔두면 매타작은 따 놓은 당상. 아이 앞에서 싸우지는 못하고 창고 방으로 들어간다. 남편에게 카카오톡 메시지를 보낸다.

여보. 우리 민수 다그치지 말고 그냥 지켜봐 주자. 제발.

금세 답신이 온다.

지켜보긴 뭘 지켜봐? 저 굼벵이 놀음을 지켜봐? 당신은, 군대 가서 적응 못 하고 사고 치는 애들이 남의 일 같지? 착각하지 마. 걔들 거의 민수 같은 애들이야. 빠릿빠릿하게 굴어도 살기 힘든 세상이야. 아이를 사회 부적응자로 만들 셈이야?

당신이 왜 그러는지 나도 알아. 당신의 조바심, 책임감. 민수가 이 사회에서 도태될까 겁나서 어떻게든 미리 준비시키려는 거, 안다고. 하지만 민수가 변해? 변하더냐고? 이제 그냥 놔두자. 그냥 지켜보고 기다려 주자.

당신이 그러고도 선생이야? 어떻게 된 선생이 교육을 포기해?

선생도 그냥 지켜봐 줘야 할 때가 있어.

그럼 당신이 민수 쟤 평생 책임질래?

책임질 자신…… 당연히 없지. 하지만 누군들 남의 인생을 온전히 책임질 수 있을까?

책임도 못 질 거면서 왜 아이를 방치하라고 하는 거야? 책임질 자신 없으면 지금이라도 훈련을 시켜야지.

방치가 아니야. 믿고 지켜봐 주는 거지. 민수한테도 자기 초점, 자기 준선이 있는걸. 그걸 우리 입맛에 맞게 바꾸려다간 민수도 다치고 우리도 다쳐.

뜬금없이 그게 무슨 말이야?

뜬금없어 보이지. 하지만 뜬금없지 않아.

내 초점과 내 준선에서 같은 거리에 있는 점, 현재의 내 좌표가 가리키는 말이야. 한 그리움이 다른 그리움에게, 한 슬픔이 다른 슬픔에게, 한 포물선이 다른 포물선에게 하는 말이야.

창고 방에 제일 많은 것은 아이들 앨범이다. 민수, 민지, 두 아이의 사진과 그림일기장들이 아기 때, 유치원생 때,

초등학생 때로 나뉘어 차곡차곡 정리되어 있다.

민수 앨범을 뒤적여 본다.

남편과 내가 까맣게 잊고 살지만, 민수도 어릴 적에는 이 세상 어느 아이 못지않게 귀여웠다. 웃어도 울어도 삐쳐도 예뻤고, 행동이 느린 것도 '사오정' 짓을 하는 것도 다 신통하기만 했다.

남편은 우리나라 남자치고는 드물게 적극적으로 육아에 동참했다. 아이를 먹이고 씻기는 일을 좋아했고 아이와 놀아 주기도 잘했다. 나는 그 모습이 보기 좋아 무시로 카메라를 들이댔고.

목욕하고 뽀송뽀송 예뻐진 민수를 핥을 듯이 내려다보며 파안대소하는 남편 사진, 유치원생 민수가 아빠의 등을 타고 앉아 그림책을 읽는 사진, 초등학교 운동회에서 부자가 다리를 묶고 이인삼각 경기를 하는 사진. 그렇게 세 장을 골라 휴대전화 카메라로 찍어 전송한다.

여보, 이 사진들 좀 봐. 아기 민수, 유치원생 민수, 초등학생 민수, 이만큼 사랑해 줬으면 부모 책임 웬만큼 진 거라 생각해. 이제 머리 굵어지고 목소리 변한 사춘기 소년 민수는 그냥 지켜봐 주자. 자식도 본질적으로는 남이잖아. 남의 인생, 너무 간섭하지 말자. 백 퍼센트 책임지려고 하지도 말자.

휴대전화가 잠잠하다. 남편은 아마도 감탄사를 내뱉고 한숨을 쉬며 휴대전화 자판을 만지작거리고 있을 것이다.

내가 먼저 한 방, 날린다.

여보, 솔직히 말해 봐. 당신도 힘들잖아? 민수 윽박지르고 때리는 거, 죽을 만큼 힘들잖아?

영규

여보, 솔직히 말해 봐. 당신도 힘들잖아? 민수 윽박지르고 때리는 거, 죽을 만큼 힘들잖아?

힘들어도…….

엄지손가락으로 휴대전화 자판을 누르다 말고 모두 지워 버린다. 기시감. 눈밑살이 바르르 떨릴 정도로 지독한 기시감 때문이었다.

삼 형제를 엎드려뻗쳐시켜 놓고 때리고 또 때리다 지친 아버지가 손목에 파스를 감으며 하던 말이 떠올랐다.

힘들어도 부모 노릇은 해야지 어쩌겠어. 너희들, 착각하지 마라. 내가 나 좋자고 너희들 때리는 거 아니니까. 맞는 너희보다 때리는 내가 더 힘들어. 봐, 나는 하나고 너희는 삼 형제잖아. 게다가 나는 나이 들고 너희는 탱탱하지. 나 혼자 너희 삼 형제를 인간 만들려니까 힘들지. 힘들어서 죽을 지경이지. 그래도 사내새끼들은 때려야 인간이 되는 걸 어쩌겠어. 아비가 돼서 아들놈, 인간 말종 안 만들려면 힘들어도 때려야지.

나는 아버지를 싫어한다. 어머니가 있을 적에는 그나마 설, 추석, 두 분 생신 때는 보령 집으로 걸음을 했지만, 어머니 돌아가신 다음부터는 생활비만 조금 부치고 거의 연을 끊다시피 하고 산다. 아버지 얼굴을 본다는 것 자체가 나한테는 너무 큰 스트레스다. 수시로 얻어맞은 기억 때문만은 아니다. 돌아가신 어머니 생각이 나서다. 어머니는 늘그막에 녹내장으로 눈이 멀었다. 아버지는 눈먼 어머니조차 시종일관 부려 먹으려 들었고 조금도 다정하게 대하지 않았다. 그런저런 모습을 보며 아버지란 인간에게 덧정이 없어졌다고나 할까.

내 친구들 아버지 중에는 딴살림을 차리고 자식들을 아예 모른 체한 사람도 있고, 우리 아버지보다 더 폭력적인데다 무능하기까지 해서 가족을 전혀 부양하지 않은 사람도 있다. 그런 데 비하면, 아버지는 어쨌든 가족 부양에 최선을 다했다. 그는 군대에 말뚝을 박고자 했으나, 무언가 불미스러운 일에 연루되어 불명예제대했다. 그리고 대여섯 달 실업자로 살다가 우산 공장에 일자리를 얻고는, 공장이 망하는 날까지 20년 넘게 성실히 근무했다. 주말에는 버스로 한 시간 걸리는 시골 큰집에 가서 농사를 돕고 쌀과 채소를 얻어 오곤 했다.

아버지가 세상에서 제일 미워한 것은 게으름이었다. 특히나 훤한 대낮에 드러누워 빈둥거리는 짓거리는 절대 봐주지 않았다. 남의 집구석이야 어쩔 수 없다 하더라도 그가 다스리는 가정 안에서 그런 일은 있을 수 없었다. 몸이 약한 어머니도 아버지가 있는 시간에는 감히 눕지도 앉지도 못하고 파리도 미끄러질 만치 반질반질한 가구를 닦고 또 닦았다. 뭐든 일을 손에 잡고 있어야지 한시라도 빈둥거리는 모습을 보였다가는 잔소리와 꾸중의 불벼락을 맞아야 했다. 우리 형제들 역시 마찬가지였다. 서서 무슨 일인가를 하지 않는 이상, 책상 앞에 반듯이 앉아 공부를 해야 했다. 자세가 반듯하지 않아도 매타작을 당했다.

매를 들 구실이 생기면 아버지의 침울한 눈빛은 아연 반짝거리곤 했다. "우리는 민족중흥의 역사적 사명을 띠고 이 땅에 태어났다."라는, 내가 매일같이 외웠던 '국민교육헌장'의 첫 문장처럼, 아버지는 자식 교육의 역사적 사명을 띠고 이 땅에 태어난 바, 아들 셋을 쭈루니 엎드려 뻗쳐시키고 몽둥이를 들 때마다 피가 짜릿짜릿하도록 절실히 자기 존재의 의미를 확인할 수 있었던 모양이다. 그게 내 아버지란 사람이었다.

내가, 나도 모르는 사이에…… 아버지를 닮아 버린 걸까?

목덜미에서 물뱀이 배밀이를 하는 것 같은 섬뜩한 이물감에 나는 어깨를 떨었다.

"아빠, 교복 다 다렸는데요."

민수였다.

다 다렸다고? 네가? 건성건성 다리미만 몇 번 갖다 댄다고 다림질인가. 나는 내 아들을 안다. 각이 서도록 빳빳이 다렸을 리가 없다. 안 봐도 뻔하다. 입이 아프도록 가르쳐도 돌아서면 제 습성대로 건성건성, 대충대충, 느릿느릿 행동하는 아이다.

"알았다. 쉬어라."

민수가 약간 당황한 표정을 지었다가 헤벌쭉 웃으며 돌아섰다. 돌아서는 그 발걸음조차 느려 터졌다. 도무지 마음에 들지 않는다, 저 녀석. 호루라기를 홱 불고 연병장 구보를 시키고 싶다. 따라가서 교복을 확인하고 벌을 주고 다시 하라고 닦달해야 할까? 그것도 지겹다. 지긋지긋하다. 손목과 오금에서 맥이 풀렸다. 그런데 이런 느낌에도 기시감이 든다. 매를 든 아버지 앞에 무력하게 엎드려 있을 때, 그 매질이 언제 끝날지 모를 때……. 아니다. 매질을 할 명분을 잡았을 때 열정과 희열로 번들거리던 아버지의 눈. 그 눈빛과 마주쳤을 때, 다가올 매질을 예감했을 때, 그때 이런 느낌이 들었다.

민수는 아직도 내 눈앞에서 사라지지 않았다. 거실에서 제 방까지 대체 몇 걸음이나 되기에? 민지 같았으면 벌써 동네 한 바퀴를 돌고 왔을 시간이건만.

만약 내가 민수처럼 매사에 느리고 흐리멍덩했으면 나는 아버지 손에 맞아 죽었을지 모른다. 빈말이 아니다. 우리 삼 형제는 천성이 민첩하고 계획적이고 이해타산이 빠른 편이었지만, 이기적이거나 경우 없는 짓을 하는 것도 아니어서, 어딜 가나 참하고 반듯한 아이들이라는 칭찬을 받았다. 이웃 혹은 교사한테서 그런 이야기를 들을 때마다 아버지는 그게 다 당신이 매를 아끼지 않은 덕분이라고 자랑스레 말했다. 그러면 사람들은 대개 고개를 주억거리며 아버지에게 맞장구를 쳐 주었다. 맞습니다. 예로부터 귀한 자식 매 하나 더 주고 미운 자식 떡 하나 더 준다고 했지요.

하지만 우리 삼 형제는, 어머니를 포함해 우리 네 식구는, 아버지를 싫어했다. 우리는 아버지만 없으면 행복했다. 아버지가 언제 올지 모른다는 불안감 속에서도 아버지가 없는 순간이 눈물겹도록 행복했다. 거실 전화벨이 울릴 때마다, 아버지가 교통사고로, 아니 어떤 사고든지 간에 바로 그 사고로 죽었다는 소식이 오기를 얼마나 간절히 기다렸던가. 그것은 지금까지도 내 마음속 어두운 비밀로 남아 있다. 거꾸로 아버지만 있으면 우리 네 식구는 극도로 긴장하여 아버지 눈치를 보느라 감히 소리 내어 웃지도 울지도 못했다.

제일 불쌍한 사람은 어머니였다. 우리 형제야 상급 학교 진학과 동시에 보령을 떠날 계획이었지만, 어머니는 아버지를 떠날 수 없었다. 어머니는 아버지에게 이혼 얘기를 꺼낼 만치 간이 크지 않았다. 어머니의 두려움은 구체적인 것이었다. 내 입에서 이혼 얘기 나오면, 네 아버진 그 자리에서 내 목을 졸라 죽일 거야…… . 나는, 그럴 리 없다고 말하지 못했다. 아버지는 그러고도 남을 인간이었다. 제 발밑에서 달달 떨며 복종하는 처자식이야말로 고단하기 짝이 없는 그의 삶에 허락된 유일한 쾌락이요 보람이요 사는 이유 그 자체였으니까. 자식들이 커서 떠나는 거야 어쩔 수 없다 하더라도 아내만큼은 죽을 때까지 그가 다스릴 수 있는 만만한 인간으로 남아 있어야 하는 것이다. 그러니 아내가 기어오르려 하면 밟는 수밖에 없다. 살인죄를 지어 감옥에 끌려갈지언정 살아갈 이유가 없어지는 것보다야 나을 테니까.

나는 내 아버지 같은 아버지가 될 바에는, 차라리 거시기를 잘라 버리겠다고 다짐한 사람이다. 나는 다정한 아빠, 친구 같은 아빠가 되고 싶었다. 민지는 내 기대치를 백 퍼센트 충족하는 딸이다. 야무지고 명랑하고 빠릿빠릿하다. 민지처럼 예쁜 딸에게 다정하고 친구 같은 아빠 노릇하기란 식은 죽 먹기보다 쉬울뿐더러 세상 어떤 놀이보다 재미있다.

민수는 다르다. 내 아들이라고 하기에는 오차 범위를 넘어서는 유전자랄까. 민수를 보고 있자면, 무자식 상팔자라는 옛말이 저절로 떠오른다. 물론 나도, 자식이 부모를 선택할 수 없는 것처럼 부모 또한 자식을 선택할 수 없다는 사실을 잘 안다. 알면서도, 내 마음에 들게끔 자라지 않는 아이를 볼 때마다 가슴이 답답하고 숨이 가빠 오는 까닭은 무엇일까? 게으른 아이에게는 몽둥이가 약이라고 생각하고, 처자식을 손안에 쥐고 통제하려는 욕심은 내 부계 쪽 내림인 것일까? 제발이지 그건 아니었으면 좋겠다만, 미워하면서 닮는다는 말도 있으니…….

목이 마르다. 정수기에서 물 한 잔을 따르고 영양제 상자에서 종합비타민 한 알, 오메가3 한 알, 프로폴리스 한 알, 유산균제 한 알, 칼슘제 한 알을 꺼낸다. 어쨌든 건강하게 살아남아야 한다. 나는 아빠니까. 우리 민지, 이제 겨우 열한 살밖에 되지 않았으니까. 대학원 박사과정까지 뒷바라지해 주려면 최소한 20년은 더 부지런히 돈을 벌어야 하니까.

캑. 정제가 목구멍에 걸렸는지 기침이 난다. 기침 끝에 떠오르는 이름, 서정수. 정수. 뜬금없이 캑캑거리던 아이. 당시엔 그걸 틱 장애라고 이름 붙이는 줄도 몰랐는데, 지금 생각하면 정수는 기침 틱을 가진 녀석이었다.

나는 그때 아버지라는 감옥에서 벗어나려고 기숙사가 딸린 고등학교를 택했다. 중학교 성적이 상위 10퍼센트 안에 들어야 갈 수 있는 학교여서 그 학교 입학은 아버지한테 자랑거리였고 나한테는 합법적인 탈옥 경로였다.

정수는 여섯 명이 쓰는 기숙사 방의 룸메이트였다. 정수도 민수처럼 동작이 굼떴다. 우리 여섯 명은 청소, 세탁, 아침 구보, 저녁 점호, 축제 장기자랑 따위의 일을 함께해야 했고 그것으로 사감 선생과 선배들의 평가를 받아야 했기에, 정수 같은 느림보를 좋아하려야 좋아할 수가 없었다. 정수는 군대식으로 말하자면 고문관이었다. 녀석은 밥도 오래 먹고 옷도 오래 입고 샤워도 오래 하고 똥도 오래 누었다.

모든 일을 제시간에 딱딱 해내야 하는 공동체 생활이었다. 정수 하나 때문에 우리는 매번 평가에서 꼴찌를 했고 기합을 받았다. 정수의 행동 하나하나가 다 짜증을 유발했지만, 제일 싫었던 것은 시도 때도 없는 기침이었다. 이를테면 우리 다섯 룸메이트는 정수를 없는 셈 치고도 청소나 세탁을 제시간에 끝낼 수 있었다. 정수의 이부자리도 각을 맞춰 정리해 줄 수 있었다. 하지만 정수 대신 점호를 해 줄 수는 없었다.

"하나!"

"두울!"

"세엣!"

"네엣!"

"캑, 크음, 다, 다섯……."

사감의 눈초리가 올라갔다.

'여섯'을 입 속에 담고 있던 나는 하릴없이 허리만 곧추세웠다. 이 밤엔 또 몇 번이나 이 지겨운 점호가 되풀이될지. 야단을 맞을수록 정수의 기침은 심해지는데, 귀신 잡는 해병대 출신 사감은 얼차려로 그놈의 기침을 잡고야

말겠다고 설쳐 댔다. 사감이 제풀에 지쳐 떨어져야만 그놈의 점호를 끝내고 잠드는 하루하루가 이어졌다. 그 와중에 사감이 저녁 먹으면서 반주를 곁들인 날에는 제시간에 잘 수 있었다. 사감은 술기운만 돌면 잠을 못 이기는 스타일이었기 때문이다. 그런 날은 이상하게 정수도 기침을 하지 않았다. 우리는 보통 점호 없는 주말에 밀린 잠을 보충했다. 나야 집이 워낙 싫어서 주말에도 웬만하면 기숙사에 붙어 있었지만, 다른 아이들은 꼭 해야 할 일이 없으면 집에 가는 걸 좋아했다. 개중에 진호란 아이가 가방을 싸며 말했다.

"사감 새끼한테 저녁마다 술을 먹여야겠어."

과연 일요일 저녁에 기숙사로 돌아온 진호의 손에는 값이 꽤 나갈 듯한 양주병이 들려 있었다. 진호는 그것을 아버지 선물이라며 사감에게 바쳤고, 사감은 당연히 입이 귀에 걸렸다. 그런데 이것 때문에 사달이 났다. 진호가 아버지에게 말하지 않고 거실 장식장에서 훔쳐 온 술이었던 것이다. 진호 아버지는 아이들이 기숙사 방에서 술을 마시려는 것으로 지레짐작하고 부리나케 학교에 연락했다. 그리고 한바탕 난리가 났다. 교장의 추궁을 받은 사감은 아이들 방에 있던 양주를 압수했다고 엉겁결에 거짓말을 했다. 양주는 교장의 손을 거쳐 진호의 집 장식장으로 돌아갔다.

그날 밤, 사감이 독이 잔뜩 오른 얼굴로 문을 박찼다. 점호가 시작되었다. 긴장한 정수는 제 차례도 아닌데 기침을 했다. 사감의 눈에서 불이 번쩍, 했다.

"전원, 엎드려뻗쳐!"

차례대로 매를 때렸는데 진호 엉덩이에서 소리가 더 크게 났다. 명백히 사적 감정이 실린 매질이었다. 또 점호. 이번에도 당연히, 정수가 기침을 했다. 사감의 화가 진호에게서 정수로 넘어갔다.

"오냐. 네놈이 설맞았다 이거지? 매에는 장사가 없어. 귀신도 매질은 못 이겨. 좋다, 이거야. 네가 이기나 내가 이기나 한번 붙어 보자고."

자정을 넘기자 사감의 눈 밑에 검푸르죽죽한 그늘이 드리우고 입가 주름살이 밭고랑처럼 도드라졌다. 그도 인간이니만치 졸리기도 하고 매질이 힘에 부치기도 했을 테다.

"야, 너희들. 저놈 저거. 서정수 저거. 인간 같지도 않은 새끼, 저거. 저거 좀 패 줘라. 새끼가 설맞아서 그래. 숨이 꼴깍꼴깍 넘어갈 때까지 처맞아 보라지. 뭘 못 해? 콧구멍에 볼링공을 집어 처넣으래도 넣을 수 있어, 얌마. 곰이나 코끼리도 처맞으면 재주를 부려. 숨도 참는데 기침을 왜 못 참아?"

우리가 머뭇거리자, 사감이 우리 이마에 주먹으로 꿀밤

한 대씩을 먹였다. 결국 우리는 정수를 팼다. 손도 쓰고 발도 써서 정수를 때렸다. 정수는 잘못 만든 공처럼 우그러진 채 친구들—그때의 우리를 친구라 부를 수 있을까—의 주먹질, 발길질에 속수무책으로 당했다. 정수 코에서 터진 피가 사방으로 튀자, 사감이 우리를 제지했다. 다시금 점호가 시작되었다. 동쪽 창으로 붉은 아침놀이 타올랐다. 나는 너무 졸리고 힘들고 지겨워서, 지진이 나든가 북한에서 미사일이 날아오든가 아무 사건이라도 터졌으면 좋겠다고 생각했다.

그날 아침 정수는 통통 부은 얼굴로 다리를 절며 기숙사를 떠났고 돌아오지 않았다. 남은 우리는 물론 양심의 가책을 느꼈다. 특히 진호는 머리털을 쥐어뜯으며 꺼이꺼이 울기까지 했다. 하지만 우리는 나중에 정수를 부러워했다. 정수가 검정고시 만점을 맞고 학력고사를 잘 봐서 명문대 수학과에 진학했다고 풍문으로 들었기 때문이다. 저 혼자 시간 가는 줄 모르고 수학 문제를 풀곤 하더니 결국 수학과를 갔군. 잘됐다, 고 생각했다. 진심이었다. 학교 말고도 다른 길이 있는 걸 괜히 걱정했어, 씨발. 아, 억울해. 우리도 일찌감치 학교 때려치울걸.

그러나 정수가 군대에서 두들겨 맞고 반미치광이가 된 채 집 안에 칩거한다는 얘기를 들은 뒤에는 생각이 180도

달라졌다. 대한민국 남자에게 다른 길이란 없다는 것. 물론 집안이 엄청나게 빵빵하거나 처음부터 장애인이라면 이야기는 달라진다. 난들 왜 내 아들한테 관대해지고 싶지 않을까? 하지만 군대를 생각하면 다른 길이 없는 걸 어쩌랴.

내 개인적 체험으로도 정수의 군대 생활이 어땠을지는 충분히 상상할 수 있다. 우리 내무반에도 고문관이 있었고 그 멍텅구리 녀석은 내가 보호해 주지 않았다면 죽거나 병신이 되었을 테니까. 걔는 정수처럼 틱은 없었지만, 말귀를 못 알아듣고 눈치가 모자랐으며 늘어난 고무줄 같은 충청도 사투리도 교정하지 못했다. 나는 같은 충청도 사람인 데다 정수에 대한 죄책감도 깊어서 멍텅구리를 많이 감싸 주었다. 멍텅구리가 맨 처음 낚인 상관은 분대장이었다. 분대장은 지나치게 진지한 사람이었다. 웃어넘길 수 있는 상황에서도 웃지 않았고 멍텅구리의 멍청한 짓을 견디지 못했다. 그가 견디지 못하는 그 심정을 푸는 방식은, 우리 분대를 끊임없이 괴롭히는 거였다. 걔 때문에 우리는 수없이 얼차려를 받았고 동료들은 모두 걔를 미워했다. 그중에서도 안동에서 온, 머리털이 굉장히 빳빳해 별명이 밤송이였던 상병이 걔를 유난히 더 미워했다. 멍텅구리는 분대장보다도 밤송이한테 더 많이 맞았다. 일이 있어도 맞고 없어도 맞았다. 어떤 날은 숨 쉬는 소리가 거칠다고 맞고 어떤 날은 눈을 바보처럼 끔벅거린다고 맞았다.

"이 새끼 이빨 누런 거 봐라? 야, 이 똥개 같은 새끼야. 네가 아무리 똥개 같은 인간이기로서니 밥은 안 먹고 똥 주워 먹고 다니냐?"

이런 식으로, 치아 색깔이 누렇다고 얻어맞기도 했다.

분대장이 전근 간 뒤에도 밤송이는 일종의 스포츠처럼 멍텅구리를 때렸다. 때로는 연습 삼아, 때로는 본 게임으로. 나는 밤송이 후임이었기에 감히 밤송이한테 대적하지는 못했으나, 눈치껏 멍텅구리를 빼돌리고 밤송이의 관심을 돌릴 만한 재미난 사건을 만들어 냈다.

멍텅구리는 심히 멍청했지만, 내 덕에 자기가 무사히 전역한 줄은 아는 모양이다. 여름마다 찰옥수수 한 포대씩 택배로 보내는 걸 보면. 받아먹기만 할 수는 없어서 나도 그 친구가 좋아하던 과자류를 한 상자씩 부치곤 한다. 서로 물건을 주고받기만 했지 전화 통화를 하거나 만나는 일은 없었는데, 작년에 웬일로 그에게서 전화가 왔다. 해마다 옥수수 잘 먹고 있다는 인사를 했더니 내가 보낸 과자도 새참으로 아껴 먹고 있다고 답했다. 할 말이 별로 없었던지라 불편한 침묵이 길게 이어졌다. 멍텅구리는 뭐가 부끄러웠던지 전화를 끊을 때쯤에 남 얘기처럼 결혼 얘기를 했다. 입으로만 축하 인사를 하고 결혼식에는 가지 않았다. 어영부영하다가 축의금도 부치지 못했다.

잘 살겠지. 착하고 성실한 놈이니까. 그나저나 이번 여름에도 찰옥수수가 올까? 답례로는 과자류 말고 뭔가 특별한 선물을 보내야 하지 않을까?

민수도 사지 멀쩡한 대한민국 남자 새끼로 태어났으니 군대를 안 갈 도리가 없다. 민수가 딸이었으면 아무 걱정이 없을 테다. 좀 덜떨어졌어도 같은 여자니까 민지한테 붙여 놓으면 된다. 민지한테 언니 좀 돌봐 주라고 유언을 남기면 내가 죽더라도 눈을 감을 수 있겠다.

가끔은…… 민수가 차라리 장애인이었으면 하는 생각을 한다. 그러면 적어도 군대는 안 가도 되지 않는가.

나는 비장애인으로서 장애인 돕기를 삶의 일부로 삼아야 한다고 늘 생각해 온 사람이다. 평생 몸이 약했고 종당에는 눈이 멀었던, 지금도 생각만 하면 명치가 뻐근하니 아프고 콧등이 시큰해지는, 내 가여운 어머니의 영향일 것이다.

나는 대학교 1학년 2학기 때부터 졸업할 때까지 장애인 교육 봉사 동아리에서 활동했다. 지금도 그런지 모르겠지만, 그때 경영학과는 한 학년 학생 숫자가 이백 명을 훌쩍

넘는 대형 학과였다. 학생회 일을 하거나 동아리에라도 들지 않으면 소속감이란 걸 느낄 기회가 없었다. 술과 담배를 전혀 하지 않던 나로서는 여자애들도 담배를 피우고 밤새워 술 퍼마시기 일쑤인 그 바닥이 딱히 끌리지 않았다. 수업 듣고 도서관 가고 수업 듣고 도서관 가다 주말에는 과외 수업으로 용돈을 버는 게 단조롭기 짝이 없는 내 생활 패턴이었다. 요즘처럼 학점과 스펙에 목매는 시절이 아니었던지라, 그러고도 시간은 남아돌았다. 그 남는 시간이 문제였을까. 원인 모를 불안과 공포, 우울감이 검은 커튼처럼 내 마음의 창문을 가리고 있다가 바람 부는 날이면 어서어서 저 창밖으로 뛰어내려라, 저 벼랑으로 돌진하라, 부추기며 퍼덕거렸다.

내 황폐한 마음의 표정을 읽은 단 한 사람이, '정신건강'이라는 교양 수업의 강사였다. 그가 내게 봉사 활동을 권했다. 봉사 활동이야말로 가장 저렴한 우울증 치료법이라고. 마더 테레사도 우울증 환자였다고. 정신과 병원에 가보라고 했으면 절대로 따르지 않았을 텐데, 가장 저렴한 치료법으로서의 봉사 활동이라니, 귀가 솔깃했다.

나는 그의 조언을 받아들여 시각장애인 교육 봉사 동아리에 들었고, 다행히도 생에 감사하는 마음을 조금씩 저축할 수 있었다. 그 동아리에서 아내도 만났다. 두꺼운 뿔테 안경을 쓴 전형적인 모범생 스타일의 사범대 여학생이었다. 약간 몽상가 기질이 있기는 해도 심성이 착하고 성실한 여자였다. 나는 계산이 빠른 천성대로 공무원이나 교사 아내를 염두에 두고 있었기에 아내의 환심을 사려고 극진히 노력했다. 아내가 사랑하는 시를 영역해서 보내기도 했다.

아마 이 시였지? 거실 콘솔 위 책장에서 오래된 시집을 꺼낸다. 아내가 볼펜으로 옮겨 놓은 내 미숙한 영역이 그대로 남아 있다.

from one longing to the other longing

If, some day, you and I could meet

as warp and woof

and weave a dream,

If the dreams of you and me could meet

and make a breadth of silk,

I would wait, on a cold street corner.

Some day when, at the end of a long silence and solitude,

one sadness gives a hand to the other sadness,

one longing looks into the dim quiet eyes of the other

longing,

which winter dares to make our love feel cold?

Some day when, at the end of a long and lonely waiting,

I meet you,

if only we could weave a dream.

외롭고 긴 기다림 끝에 어느 날 당신과 내가 만나 하나의 꿈을 엮을 수만 있다면.

나와 아버지 사이는 애당초 글렀고. 민수와 나는 하나의 꿈을 엮을 수 있을까? 외롭고 긴 기다림이 얼마나 더 필요한 걸까? 내 꿈과 민수의 꿈이 과연 만날 수나 있을까?

고개를 뒤로 젖히고 손바닥으로 눈두덩을 문지른다.

휴대전화가 울린다.

??????

아내가 보낸 물음표 여섯 개. 마땅히 할 말이 없다. 할 말이 없을 때는 뜬금없는 애기를 할 수밖에.

점심, 밖에서 먹을까? 두부전골 맛있게 하는 집 있더라.

민수

세월호 사건은 엄청 슬프다. 엄청 무섭고 엄청 끔찍하다. 나는 생전 처음으로 죽음의 눈알을 본 것 같았다. 입술도 콧대도 손가락도 아니고 눈알. 왜 하필 눈알이냐고 물으면, 그냥 눈알. 그냥 생각만 해도 오스스 소름이 돋는, 얼음처럼 차가운 바다 빛깔의 눈알.

그런데 세월호가 나한테는 좋은 일도 했다. 아빠가 달라진 것이다. 엄마도 조금 달라졌지만, 엄마는 원래 내 편이다. 나한테 못되게 굴 때도 사실은 아빠가 시켜서 그런거다. 나도 알 건 다 안다.

엄마가 조금 달라진 점이 뭐냐면, 텔레비전을 보거나

신문을 읽다가 갑자기 운다는 것이다. 오늘 저녁에도 소
파에 파묻혀 신문을 읽던 엄마 눈에서 눈물이 주르르, 주
르르. 엄마에게 휴지를 건네준다.

"엄마, 왜 또 울어요?"

엄마가 신문을 접어서 내민다. 엄마 또래의 기자가 자
기 아들 꿈 얘기와 함께 세월호에 탔던 아이들이 가졌던
꿈을 하나하나 짚어 가며 안타까워하는 기사다. 이 아줌
마도 죽은 아이들이 다 자기 자식 같은가 보다, 우리 엄마
처럼. 가수, 디자이너, 요리사, 간호사, 의사, 화가, 연기자,
교사, 만화가, 통역사……. 우리 반 애들이랑 비슷하네,
뭐. 애들 꿈이란 게 대충 이렇다. 회사원이나 주부, 농부,
철가방, 막일꾼, 노점상 같은 건 절대 없다. 백수가 되겠다
는 아이도 당연히 없다.

엄마가 휴지로 눈가를 꾹꾹 누르고는 묻는다.

"우리 민수도 꿈 있지?"

엄마 눈꼬리에 휴지가 들러붙었다. 입가에 붙은 밥알처
럼 눈가에 허연 휴지가 붙어 있으니, 되게 웃기다.

"엄마, 눈 밑에 휴지. 크크!"

엄마한테 손거울을 가져다준다. 엄마가 거울을 코끝에
붙이다시피 하고 새끼손톱으로 젖은 휴지 조각을 살살 떼
어 낸다.

"민수도 꿈 있지, 그치?"

얼렁뚱땅 다른 얘기로 넘어가려던 내 작전에 말려들지 않는 엄마. 엄마도 고집, 있다. 아빠만큼은 아니라도. 우리 엄마 아빠뿐 아니라 어른들은 이상하게 꿈 얘기를 좋아한다. 엄마는 꿈대로 사나? 아빠는 꿈대로 사나? 자기들은 꿈대로 못 살면서 맨날 꿈, 꿈.

"말했잖아요. 내 방 침대에서 뒹굴뒹굴 구르며 만화책 읽는 거요."

"그게 어떻게 꿈이야? 꿈은 그런 게 아니지. 만화책이 그렇게 좋으면 만화가는 어떨까? 아니면 만화 스토리 작가. 만화 전문 출판사 에디터나 마케터는?"

"오버 좀 하지 마세요, 엄마. 전 그냥 만화책 읽는 걸 좋아할 뿐이에요."

"그럼 그 만화책은 무슨 돈으로 사는데? 밥은 무슨 돈으로 먹고?"

돈 얘기, 나올 줄 알았다. 엄마는 이중인격자다. 늘 돈, 돈 하는 사람들을 경멸하는 척하면서 속으로는 돈 걱정을 놓지 못한다. 하긴, 내 생각에도 돈이 문제긴 하다.

"저도 그게 고민이에요."

아빠가 차 열쇠를 딸랑거리며 다가온다. 민지가 아빠 손을 잡고 있다. 머리띠도 하고 옷도 예쁜 원피스로 바꿔 입었다.

"김민수, 뭐 해? 얼른 가자."

"네."

내가 일어서자, 아빠 눈동자가 좀 커진다.

"그 차림으로 가려고?"

내 차림이 이상한가 살펴본다. 하나도 이상하지 않다. 헐렁한 라운드 티셔츠에 통 넓은 바지. 바지가 약간 파자마 느낌이기는 하지만, 뭐 어때? 벌거벗은 것도 아니고 레이디 가가처럼 입은 것도 아닌데.

"바지만 바꿔 입으면 되겠네. 청바지 어때?"

엄마는 내 대답을 기다리지 않는다. 내 손을 잡아끌고 내 방 서랍장 앞까지 가서는 청바지를 골라서 내 손에 쥐여 준다. 엄마는 늘 이렇다.

"얼른 입고 나와. 얼른!"

엄마가 문을 닫고 나가자, 영화고 뭐고 이대로 침대에 벌렁 드러눕고 싶다는 생각이 절로 난다.

"오빠는 맨날 늑장 부려. 난 오빠 같은 남자랑 절대로, 절대로, 안 사귈 거야."

민지가 투덜거리는 소리가 귀에 꽂힌다.

쳇. 나도 너같이 딱딱거리는 계집애, 딱 싫거든.

빠르기는 또 어찌나 빠른지, 정신이 하나도 없다. 아까 저녁 먹다가 아빠가, 요즘 재밌는 영화 뭐 하니, 하자마자 스마트폰으로 극장 시간표를 검색하고는 그 자리에서 스 파이더맨 시리즈 중 하나를 예매해 버린 녀석이다.

청바지 단추가 잘 채워지지 않는다.

그새 살이 쪘나? 늦게 나가면 민지 저게 또 뭐라뭐라 난 리 피울 텐데? 아이 씨. 이래서 내가 청바지를 싫어한다니 까.

채워질락 말락 하는 청바지 단추를 억지로 끼우며 나가 는데, 민지가 눈썹과 콧등을 있는 대로 찡그리더니 입 모 양으로 '변태'라고 한다. 오늘 아침 화장실 가다가 마주쳤 을 때도 저 말을 했다. 물론 내 거시기가 조금 불룩 솟아 있기는 했다. 하지만 아침마다 제멋대로 솟아오르는 거시 기를, 난들 어쩌란 말이냐. 열이 정수리까지 뻗치지만, 엄 마 아빠 앞이라서 내가 참는다.

"웬만하면 당신도 가지? 표는 있을 거야. 지금 예매해도 되고. 극장도 토요일에만 버글버글하지 일요일 저녁엔 한 산한 편이더라."

"아니. 난 그런 영화, 별로야. 그리고 지금 준비해서 언 제 나가? 머리도 감고 화장도 해야 하는데."

"머리 안 감고 화장 안 해도 예쁘거든요? 그치, 애들아. 엄마 예쁘지?"

아빠가 우리한테 묻는다. 나는 그냥 애매하게 웃기만 한다. 생각 없어 보이는 애매한 웃음. 나는 이게 여러모로 편리한 대응이라는 걸 알고 있다.

솔직히 엄마가 그다지 예쁜 얼굴은 아니다. 늙었기도 하고. 진짜 예쁜 여자는 우리 반에 있다. 윤나래. 걔는 그냥 얼굴에서 빛이 난다. 우리 반 남자애들 거의 다 윤나래를 좋아한다. 윤나래가 누굴 좋아하는지는 모른다. 나를 좋아할 가능성은 별로 없다. 많이 쳐 줘도 0.1퍼센트? 하지만 윤나래가 나를 좋아한다 하더라도, 내가 윤나래와 결혼할 가능성은 0.01퍼센트? 결혼을 하더라도 아이를 낳을 가능성은 0.0000000001퍼센트? 왜냐하면 나는 삼포세대가 되기로 작정했기 때문이다. 잡지에서 연애, 결혼, 출산을 포기한 삼포세대 어쩌고 하는 기사를 읽었을 때 그게 바로 내 미래라는 걸 곧바로 깨달았다. 아빠가 귀에 못이 박히도록 말한 것처럼 내 성적, 내 성격으로는 정규직을 얻지 못한다. 나도 내가 무척 느리고 게으르다는 걸 안다. 성적도 한참 아래쪽이다. 내가 나인 이상, 나는 성적을 못 올린다. 성격도 못 바꾼다.

우리 아빠는 명문대학을 나왔고 엄청 부지런하다. 아침 일찍 출근해서 밤늦게 퇴근한다. 때로는 집에서도 밤을 새워 가며 회사 일을 한다. 내 성적으론 명문대학도 못 들어가겠지만, 명문대학을 나와서 취직을 하더라도, 내 성격을 180도 바꾸지 않는 이상, 나는 아빠처럼 못 산다. 그러니 애를 써서 명문대학을 들어갈 필요가 없지 않은가. 애를 써서 학교 성적을 올릴 필요도 없지 않은가.

나는 초등학교 5학년 때 그런 결론을 내렸고 어떤 일에도 애를 쓰지 말자고 결심했다. 엄마 아빠는 내가 아무 생각 없는 아이인 줄 알지만, 사실 나는 이렇게 생각이 많은 대한민국 중학생이다.

"엄마는 극장에서 엄마 학생들 만나기가 싫은 거예요. 요즘 학생들은 아빠 때랑 달라요. 아빠 때는 학생들이 선생님을 무서워했잖아요. 요즘은 선생님이 학생들을 무서워한대요. 우리 담임 선생님이 그러셨어요. 엄마가 부스스한 차림으로 나가면 엄마 학교 학생들이 휴대폰으로 찍어서 페이스북 같은 데에 올릴 거예요. 그러면 엄마는 내일 수업을 제대로 못 한다고요. 아빠 눈에는 엄마가 부스스하든 안 부스스하든 예뻐 보이겠지만, 이건 그런 문제가 아니에요. 아빠가 이해를 하세요. 그리고 엄마는 슈퍼맨이나 스파이더맨, 엑스맨 같은 영화 싫어해요. 슬프고 골치 아픈 영화를 좋아한다고요, 엄마는."

민지가 숨도 쉬지 않고 다다다다다다다 말을 끝내자, 엄마 아빠는 약간 멍한 것 같기도 하고 감동을 받은 것 같기도 한 표정을 짓는다.

"들었지, 여보?"

엄마가 아빠 손목을 살짝 잡았다 놓는다.

"응. 똑똑한 우리 딸을 누가 당해?"

똑똑한 우리 딸, 똑똑한 우리 민지. 나한테는 한 번도 안 붙는 수식어. 나는 뭐, 상관없다. 오히려, 민지라도 똑똑해서 다행이다 싶을 때가 많다. 부모님이 나만 바라보는 거, 끔찍하니까.

"그럼 당신은 쉬어. 갔다 올게."

자동차는 우리 집에서 10분 정도 걸어가야 하는 먼 곳에 주차돼 있다. 금요일 자정이 넘으면 우리 빌라 주변에는 주차 공간이 없기 때문에 이렇게 먼 데에 주차할 수밖에 없다고 한다. 아빠는 회식 때문에 어제 새벽에야 겨우 집에 들어왔다.

민지는 조수석에 앉고 나는 뒷좌석에 앉는다. 아빠가 시동을 거는데, 민지가 점퍼 주머니에서 꼬깃꼬깃 접은 쪽지 한 장을 꺼낸다.

"아빠, 아빠가 쓰라고 한 거, 다 썼는데, 지금 읽어 줄까요?"

"버킷 리스트? 그래, 한번 읽어 봐라. 우리 민지가 어떤 거 썼을지 엄청 궁금했어."

아차. 저거 지난 수요일에 아빠가 해 보라고 시킨 건데 깜빡했네. 아, 씨. 나는 정말, 무슨 치매 환자도 아니고, 걸핏하면 깜빡깜빡…….

아빠한테가 아니고 나한테 짜증이 확 난다. 나도 관심이 있어서 한참 동안 이건 어떨까 저건 어떨까 상상의 날개도 펼쳤더랬다. 그러고는 깜빡! 정말, 나도 내가 갑갑하다. 부모님이 나를 갑갑해하는 거, 이해가 된다.

"짜자잔. 김민지의 버킷 리스트! 운전 배워서 내 차 몰고 다니기. 패러글라이딩, 수상스키 배우기. 책 1만 권 읽기. 고3 때 올백 맞고 전교 일 등 해 보기. 장학금 받아서 대학 다니기. 토익 시험 만점 받기. 방송국 기자 돼서 내 이름으로 뉴스 진행하기. 미국 대통령이랑 유엔 사무총장 인터뷰하기. 세계 여행하기. 각 나라별 대표 음식 먹어 보기. 한식이랑 양식 조리사 자격증 따기. 책 다섯 권 출판하기. 부모님한테 전원주택 지어 드리기."

아빠가 탄성을 지른다.

"와아. 딸내미 덕분에 엄마 아빠 소원 이루겠네."

민지 목소리가 조금 더 높아진다.

"또 있어요. 아빠 같은 남자랑 결혼하기."

아빠는 감동의 도가니에 빠졌는지 입만 헤벌린 채 대답도 못 한다. 눈꼴시어서 못 봐 주겠지만, 아빠랑 민지가 환상의 커플이란 건 나도 인정!

"마지막이에요. 아이 두 명 입양해서 키우기."

"왜, 입양하는 것도 좋지만, 낳지 그러니? 너 닮은 딸 하나는 낳아야지. 낳기만 해 봐라. 아빠가 다 키워 준다."

"그건 좀 생각해 볼게요."

네거리 신호등 앞이다. 노란불. 아빠가 브레이크를 밟고는 뒷자리에 앉은 나를 돌아본다.

"민수는? 썼니?"

침을 꿀꺽 삼킨다. 목과 어깨가 딱딱하게 굳는다. 물을 마시고 목운동을 좀 해야 할 것 같다. 말이 금세 안 나온다. 머리로는 아빠가 많이 변했다는 걸 알고 있지만, 몸은 아직 그걸 모르나 보다. 빨간불이 반짝반짝. 내 머릿속에서도 빨간불이 반짝반짝. 신호등이 초록불로 바뀌고 아빠가 브레이크에서 발을 떼고 차를 출발시킬 때까지도 나는 입술만 달싹거린다. 차 안에 이상한 공기가 감돈다. 아빠가 몹시 답답하지만 참아 주는……. 민지가 나 대신 대답을 하려다가 어쨌든 참아 보는……. 내가 입을 열어 사람 말소리를 내 보려고 안간힘을 쓰는…….

아빠가 창문을 내린다. 그 순간, 말이 나온다.

"아뇨, 아직."

아빠가 숨을 크게 들이쉬었다 뱉는다. 참는 것이다. 옛날 같았으면 잔소리 댐이 우르르 터지고 호통 천둥이 쾅쾅 내리칠 시점이다. 그런데 아빠가 참는다. 세월호 때문이다.

"오늘은 꼭 써 봐."

"네."

"아빠는 네 나이 때 그저 하루하루 안 맞고 안 죽고 어떻게든 살아남는 게 목표였어. 꿈의 목록 같은 건 생각도 못 했지. 하지만 너희는 다르잖니. 옛날이 더 좋았느니 세상이 거꾸로 가느니 말도 많지만, 내 생각은 확고해. 요즘 세상이 나아. 옛날이랑 비교하면, 그래도 요즘 세상엔 옴치고 뛸 여지가 있어. 민지 얘기 들었지? 세계 여행이니 미국 대통령 인터뷰하기 같은 게 허황된 망상이 아니야. 예를 들어 민지가 CNN 기자가 되었다고 생각해 봐. 세계를 무대로 활동하면서 미국 대통령 인터뷰도 할 수 있는 거야. 그러다 나이 좀 더 먹고 유명해지고 능력 인정받으면 대통령인들 못 하겠어?"

"싫어. 대통령은 싫어. 절대로 절대로 안 할 거야."

웃기셔. 누가 시켜나 준다던?

대통령이 저 좋으면 하고 저 싫으면 안 하는 자리도 아닌데, 아빠는 그저 민지가 대견한지 입꼬리가 귀에 걸렸다.

"알았어, 알았어. 대통령 하지 마. 우리 딸내미 마음이 안 내키면 어쩔 수 없는 거지 뭐."

아빠가 룸미러로 나를 본다. 눈웃음은 어느새 사라지고 없다.

"민수야, 듣고 있니? 너희 나이 때부터 버킷 리스트를 쓰고 열심히 노력하면 인생이 달라져. 알아들었지?"

"네."

"내가 방금 뭐라고 했니?"

기분이 팍 상한다. 아빠는 나한테만 꼭 이런 식으로 확인 사살을 하려 든다. 마음 넓은 내가 참는다.

"제 나이 때부터 버킷 리스트를 쓰고 노력하라고요. 그럼 인생이 달라진다고요."

"그냥 노력해선 안 되고, 열심히! 열심히 노력해야만 인생이 달라지는 거야, 알았지?"

아빠가 '열심히'를 강조할 줄 알았다. 누가 아빠 아니랄까 봐. 아빠는 열심히 사는 사람이다. 하지만 내 눈에는 아빠 인생, 뭐 그저 그런데? 인생이 달라지면 뭐 어떻게 달라진다는 거야? 김민수가 김민지 된다는 거야?

사실이지 내가 어젯밤 머릿속으로 생각해 본 버킷 리스트는 민지의 것과 아주 달랐다. 토익 만점 맞기, 세계 여행이나 미국 대통령 인터뷰하기 같은 건 당연히 없었다. 토익 만점을 왜 맞아야 하지? 그거 만점 맞으려면 얼마나 많은 시간을 거기에만 매달려야 할까? 많은 시간을 투자하기만 해선 안 되고, '열심히' 노력해야겠지. 생각만 해도 머리에 쥐 난다. 게다가 세계 여행? 듣기만 해도 피곤하다. 나는 내 마음 편안한 곳에서 뒹굴뒹굴하는 게 제일 좋다. 미국 대통령 인터뷰? 인터뷰는커녕 높은 사람이라면 우리 학교 교장 선생님 눈에 띄는 것도 싫어하는 나다. 부모님한테 전원주택 사 드리기 같은 것도 전혀 생각 못 했다. 몰라, 나중에 복권이라도 당첨되면 사 드릴 수 있을지도. 그런 행운 없이, 정규직도 못 될 거 같은 내가 무슨 돈을 벌어 부모님한테 전원주택을 사 드리겠는가. 이러니 우리 부모님한테 나 같은 아들만 있는 게 아니라 민지 같은 딸도 하나 있는 게 참 다행이라는 생각을 하는 거다.

죽기 전에 내가 하고 싶은 일은 이런 거다. 쌀 한 포대, 만화책 백 권만 들고 무인도 가서 한 달쯤 살아 보기. 코알라나 판다나 수달처럼 무지무지 귀여운 동물 길들여서 친구 하기. 가을철 사과나무 밑에서 낮잠 자다가 떨어지는 사과에 맞아 보기. 초가을에 낚싯대를 드리웠다가 첫눈을 맞고, 언제 계절이 바뀌었지, 어리둥절해하며 낚싯대 거두기. 사랑하는 사람과 밤새워 별 보기. 만약 사랑하는 사람이 안 생기면 그냥 나 혼자서라도 밤새워 별 보기. 양이나 염소를 치는 목동으로 살아 보기…….

내가 이런 리스트를 읽어 주면, 아빠도 엄마처럼 물을 것이다. 만화책은 무슨 돈으로 살 거니? 코알라는 호주에 있다던데 거기에 무슨 돈으로 가니? 낚싯대는 무슨 돈으로 살 거며 낚시할 동안 무슨 돈으로 먹고살 거냐? 그러게. 나도 그게 고민이다. 솔직히 말해, 어마어마하게 고민이다.

앗, 까먹으면 안 되는 거 하나 더 있다. 언행일치.

금요일 윤리 수업 시간에 선생님이 나를 불러 세웠다. 칠판에 커다랗게 'GOD'라고 써 놓고는 읽어 보랬다.

"쥐이. 오오. 디이."

애들이 웃었다. 선생님도 피식 웃었다.

"그래. 지오디라는 아이돌 그룹도 있지. 그거 말고 단어로 읽어 볼래?"

나는 좀 어이가 없었다. 내가 저 단어도 모를까 봐? 아무리 영어 성적이 엉망이기로서니.

"갇."

"좋아. 이번엔 거꾸로 읽어 볼래?"

나는 좀 헷갈렸다.

갇을 거꾸로 읽으면 어떻게 되는 거야? 가에다가 ㄷ 받침이 약하게 나는 거니까 ㄷ 받침을 먼저 약하게 읽고 가를 붙이면 되는 건가?

"드가?"

와하하하. 애들이 책상을 두드리고 발을 구르고 난리가
났다. 윤나래도 손뼉을 치다 제 짝꿍 등짝까지 두들겼다.
선생님도 웃음을 참지 못했다. 애들이 왜 웃는지 나만 이
해하지 못했다. 얼굴이 뜨거워졌다.

선생님이 출석부로 교탁을 서너 번 때렸다. 겨우 웃음
소리가 잦아들었다.

"윤나래가 거꾸로 읽어 봐라."

윤나래는 웃다가 눈물까지 흘렸는지 손등으로 눈꼬리
를 찍어 내고 목청을 가다듬고는 겨우 대답했다.

"독."

그제야 나는 선생님이 무엇을 원했는지, 애들이 왜 웃
었는지 깨달았다.

"김민수, 앉으렴. 잘 봐. 갇(GOD)은 신, 하느님이지. 이
걸 거꾸로 읽으면 독(DOG), 개야. 하느님 믿는다면서 거
꾸로 살면 결국 개가 된다는 말이야."

비록 내가 웃음거리가 되긴 했지만, 윤리 선생님은 좋
은 얘기를 해 주었다. 언행일치. 입으로 하는 말과 몸으로
하는 행동이 다르지 않도록 노력하기. 내가 보기에, 사람들

은 대부분 언행일치가 안 된다. 그걸 부끄러워하는 건 고사하고 오히려 눈치가 빠르다, 융통성이 있다는 식으로 칭찬한다. 그러면서도 윤리 시간에는 언행일치를 가르친다.

나는 언행일치를 하겠다. 살다 보면 안 되는 날도 있겠지만 어쨌거나 최선을 다하겠다. 엄마 아빠처럼 말 따로, 속 따로 살지는 않겠다. 먹고사는 문제가 고민이라고 말했으니 날마다 한 시간 이상 그 문제를 고민해야지. 정말로 진지하게 고민해야지.

내 버킷 리스트는 앞으로도 얼마든지 채워지겠지만, 그 마지막은 무조건 이것이다. 한평생 가슴속에 그리움 간직하기. 누군가를 그리워하는 사람, 누군가에게 그리운 사람되기. 그 누군가를 찾지 못한다면 나 스스로 그리움 되기.

스마트폰 전원 버튼을 누른다. 앨범을 터치한다. 엄마의 시집에서 폰 카메라로 찍어 둔 시, 〈한 그리움이 다른 그리움에게〉가 뜬다. 시를 많이 읽는 편은 아닌데, 이 시는 좋다. 읽다 보면, 가슴속이 그리움으로 촉촉해지는 느낌? 난 그 느낌이 좋다. 내가 사람이라는 거, 나무토막이 아니라는 거, 바로 그런 느낌.

어느 날 당신과 내가
날과 씨로 만나서

하나의 꿈을 엮을 수만 있다면

우리들의 꿈이 만나

한 폭의 비단이 된다면

나는 기다리리, 추운 길목에서

오랜 침묵과 외로움 끝에

한 슬픔이 다른 슬픔에게 손을 주고

한 그리움이 다른 그리움의

그윽한 눈을 들여다볼 때

어느 겨울인들

우리들의 사랑을 춥게 하리

외롭고 긴 기다림 끝에

어느 날 당신과 내가 만나

하나의 꿈을 엮을 수만 있다면

꿈. 나는 이 시에서 꿈에 관한 새로운 정의를 읽었다. 꿈
이란 특정 직업의 이름도 아니고 먹고사는 방법도 아니
다. 어른들이 입만 열면 말하는 꿈하고는 다른 것이다. 한
슬픔이 다른 슬픔과 만나, 한 그리움이 다른 그리움과 만
나, 그냥 쉽게 만나는 것도 아니고 외롭고 긴 기다림 끝에
만나, 서로의 체온으로 곱은 손 풀어 주며 엮어 가는 한
폭의 비단 같은 것. 그게 정확히 뭐냐, 그 비단을 팔아서

먹고살 수 있느냐고 묻는다면, 할 말 없음. 하지만 사람이 사람으로 살고자 하면 평생토록 자아야 할 어떤 것이라고 는 말할 수 있음.

지하 3층 주차장을 빙글빙글 돌던 아빠가 말한다.

"이야. 우리나라 사람들, 영화 엄청 많이 보는구나. 예매 안 하고 왔으면 못 볼 뻔했네. 지하 3층까지 내려왔는데도 이 조그만 경차 하나 주차할 곳이 없다니. 얘들아, 너희 먼저 올라가서 표 찾아 놓으렴. 민지야, 예매표 찾는 법 알지?"

아빠 말이 떨어지기 무섭게 민지가 대답한다.

"당연하죠."

민지가 총알같이 튀어 나간 뒤에도 나는 한참 꾸무럭거린다. 일단 머릿속을 너울너울 떠다니는 비단을 걷어 낸 다음, 아빠 말을 곱씹은 다음, 민지가 힘차게 닫은 조수석 문짝의 진동을 느낀 다음, 민지 뒤통수에 눈길을 주고 민지가 어느 방향으로 가는지 파악한 다음, 문을 열어야지 생각하고 문을 열고, 뒤에서 오는 차나 오토바이가 없는지 살핀 다음, 문밖으로 한 발을 내딛고 사방을 둘러본 다음, 엉덩이, 허벅지에 힘을 주었다 빼고 또 한 발을 내디뎌야 하니 아무래도 시간이 걸린다.

아빠가 얇은 한숨을 내쉰다. 잔소리, 호통 본능을 참느

라 아빠도 무지 애쓴다. 나도 알 건 안다. 하지만 어쩌라
고. 나한테는 내 속도가 있는걸.

한심하다고 생각하셔도 어쩔 수 없어요, 아빠. 저는 민지
처럼 빨리 움직이면 어지러워요. 어지러워서 못 산다고요.

춘실

"딸아이는 제 아빠랑 같이 고구려 유적지 탐방한다고 중국 갔어요. 얘는 힘들게 돌아다니는 여행을 안 좋아하는 성격이라……. 넷이 가면 돈도 너무 많이 들고, 저도 뭐, 날 더운데 쏘다니는 거 싫고 언니도 만나 보고 싶고 춘희 소식도 듣고 싶고 해서……."

정란이 말을 맺지 않고 얼버무린다. 왠지 변명 같다고 생각되나 보다. 가족이 함께 다니지 않고 아빠는 딸과, 엄마는 아들과 따로 다니는 게 남들 눈에 어찌 보일까 걱정하는 듯도 하다. 참, 걱정도 팔자다. 한 부모 밑에서 태어난 남매라도 성격이 천양지차일 수 있고 휴가를 따로 보낼 수도 있는 거지. 나만 하더라도 춘희와 얼마나 다른가.

"그래그래, 잘했다 야야. 여행도 궁합이 맞아야 되더라. 중국 여행 그거, 나도 울 엄마 모시고 가 봤지마는 맨 걷는 거뿐이 없어. 첫눈에야 아이고 대단타, 뭐 저런 기 다 있노, 싶은데 내 몸 덥고 짜증 나니까 눈에 암것도 안 보이. 엄마는 못 걷겠다고 그냥 버스에 앉아 계실라 그지. 나는 돈이 아까버가 어예든동 많이 모시고 댕길라 그지. 4박 5일 여행 가가 3박 4일은 싸우고 왔다 그이. 천금 같은 휴가에 만다꼬 가족끼리 싸우노. 돈 쓰고 싸우고 열 받고 그짓을 만다꼬 하노 말이다. 아이고 정란아, 잘 왔다 야야. 이게 몇 년 만이고."

내가 정란의 등을 토닥이고 어깨를 껴안자, 그제야 정란이 긴장을 풀고 웃는다. 나는 눈을 크게 떴다 가늘게 떴다 하며 정란의 얼굴을 뜯어본다.

"어예노. 정란이 니도 많이 늙었데이. 새침 떨던 갈래머리 여자 중학생은 어딜로 가 뿌맀노."

정란이 눈을 흘기는 척한다.

"언니는 뭐 안 늙은 줄 아나. 그때 그 상큼한 아가씨는 어디로 갔대요?"

"그러게나 말이다. 참말로 세월 잠깐이다, 그쟈? 야가 니 아들이가?"

여드름이 양 볼에 두어 개씩 나고 정란보다 한 뼘쯤 키가 큰 남자아이가 유치원생처럼 얌전히 배꼽 인사를 한다. 제 엄마를 그다지 많이 닮지는 않았다. 우묵한 눈에 뿔테 안경을 쓰고 살짝 나쁜 혈색에 갸름한 얼굴형인 정란은 어딜 봐도 공부깨나 할 것 같은 관상이다. 희고 둥글넓적한 얼굴에 눈꼬리가 처진 아들아이는 엄마에 비해 훨씬 게으르고 여유로운 인상이다.

아이가 입을 헤벌리고 거실을 둘러본다. 우리 집 거실이 넓긴 하다. 좁은 아파트 살던 사람들 눈에는 운동장 같아 보일 게다. 내가 천을 떠서 손수 재봉틀 돌려 만든 커튼, 방석 따위가 제법 예쁘고, 거실 창문으로 사과밭이 끝없이 펼쳐지는 전망이 시원스럽기도 하다. 아이의 눈길이 벽난로에 꽂힌다.

"와아, 부자시네요."

아이가 한마디 한다. 요맘때 사내아이들은 어른이 무얼 물어도 들은 체 만 체 스마트폰만 들여다보고 있던데 이 아이는 참 신통하다.

"부자는 무슨. 여기는 워낙 오지라가 땅값이 엄청시리 헐타 아이가. "

"오지라가 뭐예요?"

정란이 입술을 지그시 깨문다. 다 큰 아이가 엉뚱한 질

문을 하는 게 창피한 모양인데, 창피할 게 뭐가 있나. 귀엽기만 하구먼.

"오지라? 하하하. 내가 발음이 좀 후지다. 이해해 도고. 오지라가 아니고 오, 지. 오지가 뭔고 그마, 도시서 멀리 떨어져 있는 땅이라는 말이다. 서울 땅은 억수로 비싸다메?"

아이가 고개를 끄덕인다.

"여기는 안 그렇다. 우리 땅하고 집하고 다 팔아 봐야 서울서 아파트 한 채도 못 살 꺼로? 맞제, 정란아?"

그때 정란이 묘한 표정을 짓는다. 정란의 손에 들린 것은 장식장 위의 작은 액자다. 여중생 시절에 정란이 춘희에게 선물한 시화가 들어 있는.

"춘희가 네팔 가기 전에 지 물건들 담은 상자를, 보자, 한 열 개쯤 됐지 싶우다, 그거를 나한테 다 맡기고 갔다 아이가. 버릴 거는 버리고 쓸 거는 쓰라 그미. 그 속에 있던 기다."

시가 마음에 들어, 누렇게 변한 소설책 속에 코팅지로 들어 있던 것을 새삼스레 액자에 넣었다.

나는 춘희 결혼사진을 손가락으로 가리켰다.

"누군지 모르겠나?"

정란이 시화 액자를 내려놓고는 안경을 코끝으로 내려놓으며 사진을 살핀다. 긴가민가하는 얼굴이다.

"춘희?"

"그래. 가가 춘희다. 그 옆에 남자가 춘희 신랑 샤말."

정란이 사진 액자를 한참이나 말없이 들여다보더니, 시
화 액자와 결혼사진 액자를 좀 더 가까이 붙여 놓는다. 정
란도 느낀 걸까. 〈한 그리움이 다른 그리움에게〉. 이 시야
말로 춘희와 샤말의 사랑을 노래한 작품이라는 것을.

"희한하제. 우리가 학교 동창도 아니고 계속 연락하고
지낸 사이도 아니잖아. 그저 춘희 때문에 딱 하루 저녁 만
난 기 전부다 아이가. 그런데 가끔 가다 뜬금없이 그날 저
녁이 생각나더라꼬. 춘희하고도 만날 때마다 그 얘기 하
고 또 하고. 그래가 그런지 내 페이스북에서 조정란이라
는 여자가 친구 신청을 했다 그는 표시를 보자마자, 엄마
야, 야가 누고, 그때 그 조정란이 맞나 그러면서, 혼자 막 난
리 법석을 떨었다 아이가."

정란이 입을 반만 열고 미소 짓는다. 웬만해서는 나처
럼 잇몸이 보이도록 입을 벌리고 박장대소하지 않을 것
같은 사람. 그때나 지금이나 얌전하고 고상한 모범생 스
타일. 이런 사람이 나를 기억해 주고 우리 춘희를 기억해
주고 인터넷을 뒤져 나를 찾아 주다니 참으로 고마운 일
이다.

"언니, SNS 마케팅을 아주 잘하시데요? 대단해요."

"하하. 내가 옛날부터 똑소리가 나고 뭘 해도 야물게 한단 소리 많이 들었다 아이가. 그나저나 정란이 니, 이번에 참 고맙데이."

정란의 소개로 정란네 학교 교사들이 우리 농장 복숭아를 꽤 많이 팔아 주었다. 경기는 너무 가라앉고 과일은 너무 풍작이라 판로가 큰 고민이었는데 정란의 덕을 많이 봤다.

"인자 사과 철 되마 사과도 쫌 많이 소개해 도고. 우리 농장은 사실 사과가 대표 상품이거든."

"추석 선물로 저부터 몇 상자 살게요. 선생님들한테도 소개하고요."

"아이고 야야, 내가 참말로 귀인을 만났데이."

거실 여기저기를 기웃기웃하던 민수가 시화 액자 앞에 선다.

"어, 나도 이 시 좋아하는데?"

정란의 낯빛이 금세 또 어두워진다. 아이가 어른들 대화하는 데 맥락 없이 끼어든다고 생각하는 건가. 내가 제 아이를 이상하게 여길까 전전긍긍하는 듯도 하다.

아이고, 조 선생아, 어예 그래 좁쌀 같은 걱정을 걱정이라꼬 해 쌓니껴.

"옴마야, 진짜라? 나도 이 시 억수로 좋아한다 아이가.

우리가 쫌 통하네, 그쟈? 민수야, 있제. 시 낭송이라 그는 거, 그거 함 해 봐라. 어렵기 생각하지 말고 그냥 민수 니 감정 실어가 함 읽어 보레."

아이가 킁킁 목을 가다듬더니 포즈를 잡는다. 대견하다. 요즘 애들, 어른 말을 수캐 방귀 취급도 안 해 주는데, 이 아이는 다르다.

어느 날 당신과 내가

날과 씨로 만나서

하나의 꿈을 엮을 수만 있다면

우리들의 꿈이 만나

한 폭의 비단이 된다면

나는 기다리리, 추운 길목에서

오랜 침묵과 외로움 끝에

한 슬픔이 다른 슬픔에게 손을 주고

한 그리움이 다른 그리움의

그윽한 눈을 들여다볼 때

어느 겨울인들

우리들의 사랑을 춥게 하리

외롭고 긴 기다림 끝에

어느 날 당신과 내가 만나

민수가 아주 느리게 한 행 한 행 시를 읽어 나간다. 매사에 느리다더니 진짜 느린 아이다. 하지만 그 느림 덕분에 시 맛이 난다. 우리 아들만 하더라도 시 한 편을 느루 읽는 여유를 갖지 못했다. 그런데 이 아이, 신통방통하다.

짝짝짝.

내가 신이 나서 박수를 치자, 정란이 웃는 것도 아니고 우는 것도 아닌 표정을 짓는다.

"옴마야, 민수 니, 시 참 잘 읽는데이. 혹시 시 쓰는 것도 잘하나? 정란아, 니 옛날에 시인 된다 캤다메? 춘희한테 들었다. 민수 야가 니 닮은 거 아니라?"

정란이 눈을 내리깔고 입술을 잘근잘근 씹는다. 내가 뭐 잘못했나 싶어 잠깐 머릿속이 시끄럽다.

시인이 된다고 했다가 되지 못한 것이 부끄러운가. 애초에 시인 되겠다는 말을 꺼냈던 일이 부끄러운가. 아들 앞에서 그런 얘기를 하는 게 싫은가. 복잡하기도 하다, 배운 것들은.

얼른 말머리를 돌린다.

"옴마야, 시간이 벌써 이래 됐나. 아 아부지한테 수박 한 통 사 와가 원두막에서 기다리라 캤는데. 얼른 나가 보자.

농장도 구경하고."

우리가 주고받은 페이스북 메시지를 끼워 맞추면, 정란이 좋은 휴가지 다 놔두고 이 깊은 산골짝 농장으로 온 까닭은 민수 때문이다. 민수에게 농업 적성이 있는지 알아보기 위해서다. 민수는 행동거지가 느리고 경쟁심이 부족하며 사회성이 모자라서 회사 같은 조직에 몸담기는 힘들단다. 그래서 시골에서 농사를 짓거나 도자기 굽는 일을 생업으로 삼는 게 맞을 것 같단다. 만약 적성이 보이면 고등학교부터 그런 계통으로 다닐 수 있게끔 알아볼 작정이란다.

글쎄, 그것은 아이 생각이 아니고 부모 생각이 아닐까. 아이 스스로 묻고 찾고 답해야 할 인생 고민을, 부모가 대신 해 주고 있는 것 아닐까. 그리고 요즘 젊은이에게 시골살이가 도시살이보다 더 쉽거나 덜 각박할까, 과연. 악착같이 일하고 수완도 좋아야 겨우겨우 입에 풀칠하고 자식 교육시킬 수 있는 게 농사일인데? 여러 가지 딴생각이 떠올랐지만 일단 방학 때 아이 데리고 농장으로 와 보라고 제안했었다. 농장을 둘러보고 제 손으로 농사일을 해 보면 뭐가 보여도 보일 테니까.

민수 손을 덥석 잡는다.

"우리 아들이 있었이마 민수캉 잘 놀아 줄 낀데 아쉽

네."

"어디 있는데요?"

"군대 간 지 일 년 좀 지났다. 대학은 콤퓨타 무슨무슨 과에 댕기는데 그 과 이름은 어예 그래 어려운지 암만 들어도 잊아뿐다 아이가."

"우아, 저도 그런데요! 들어도 금방 까먹고 물건도 잘 잃어버리고요. 아줌마랑 저랑 진짜 잘 통하나 봐요."

민수가 손에 힘을 준다. 제 딴에는 호감을 표시하는 것이리라. 가슴이 뻐근하니 아파 온다.

이 아이는 제 또래와 다르다. 춘미 딸 아영이만 해도 어른 말을 고이 듣지 않는다. 옛날에도 이맘때 아이들이야 짜증이 많고 걸핏하면 반항심을 드러냈지만, 요즘 애들처럼 막 나가지는 않았다.

지난 5월, 어린이날 긴 연휴였던가. 춘자 언니네, 춘미네 식구들이 우리 집에 모여 마당에서 고기 구워 먹으며 놀았다. 그날 아영이가 엉덩이를 가리는 셔츠에다 너무 짧은 반바지를 입어 하의를 아예 안 입은 것처럼 보이기에 내가 한마디 건넸더랬다.

"아영아, 니 너무 섹시한 거 아이가? 다리가 암만 늘씬해도 그렇지."

아영이 기분 상할까 봐 내 나름으로는 부드러운 표현을 고르고 고른 터였다. 그런데 아영이가 눈을 백여우처럼 하얗게 흘기더니 툭 내뱉었다.

"헐. 남이야 뭘 입든지. 존나 간섭 심하네, 씨발."

그 순간, 내 귀를 의심했다. 내가 방금 무슨 말을 들은 거지? 세상에, 조카애가 이모한테, 저걸 말이라고 하는 건 가? 내가 저한테 무슨 해코지라도 했어? 저 먹으라고 철 철이 복숭아니 사과니 사과 말랭이니 잼이니 즙이니 부지 런히 택배 부쳐 준 죄밖에 없건만.

딱 벌어진 입이 다물리지 않았다. 충격이 머리꼭지로 올 라갔는지 아무 생각도 나지 않고 눈앞이 빙 도는 듯했다.

"작은언니야, 넌 놀라지 마라. 요새 중학생들 다 저렇다. 어른 말 잘 듣고 말 이쁘게 하마 지 또래들한테는 왕따당 한다 아이가. 언니는 촌에 사니까 왕따가 얼마나 무서운 지 모르제? 내사 마, 자식이라꼬 저거 하나 있는 거, 학교 서 왕따 안 당하고 커 주는 것만 해도 고맙다. 말버릇은 철들마 차차 나아지겠지. 아직 철이 없어 저렇다 아이가. 있제, 우리 아영이가 저래 보이도 지 또래들 사이에서는 인기 짱이데이. 억수로 시크하고 쿨하다 캄시로."

춘미가 제 딸을 변호했다. 제부가 마누라와 딸 눈치를 보느라 눈망울을 이리저리 굴리며 말했다.

"처형요. 그래도 이모한테니까 저 정도니더. 지는 마 더한 욕도 듣고 사니데이. 북한 김정은이가 우리 남한을 왜 못 쳐들어오는지 아시니껴? 쟈들 무서워가 못 쳐들어온다니더."

아이고, 이 서방아. 오장육부 중에 뭐 하나 빠진 사람아. 그래, 딸년한테 욕만 얻어 듣고 사나? 두들겨 맞지는 않나? 마구 들이대고 싶었지만, 참았다.

시크. 쿨. 그게 무슨 뜻인지는 지금도 모른다. 그러나 내 손을 꽉 잡고 있는 민수가 시크하지도 쿨하지도 않다는 것은 알겠다. 춘미 말대로라면 민수는 왕따를 당하고 있거나 앞으로 당할 가능성이 많은 아이인 것이다.

농장으로 들어서자, 후끈 달아오른 흙, 풀, 과일 향내가 코를 찌른다. 이것 역시 시크하지도 쿨하지도 않다.

그래. 어쩌면 농사야말로 민수 같은 아이가 덜 상처받고 사는 길일지 모른다.

남편은 텔레비전 사극을 보고 민수는 스마트폰으로 웹툰을 본다. 정란과 나는 마당에 나와 모깃불을 피우고 앉았다.

"와아. 별이 막 쏟아질 거 같아!"

깍지 낀 양손으로 무릎을 부여안고 밤하늘을 올려다보던 정란이 열대여섯 살 먹은 소녀처럼 탄성을 지른다. 나도 모르게 시인의 감성 어쩌고 하는 말이 나오려는 걸 꾹 눌러 참는다. 그 대신, 우리의 공통 화제인 춘희 얘기를 꺼낸다.

"춘희도 학교서 왕따 비슷한 거 당했었나?"

정란이 천천히 고개를 나한테로 돌리고는 내 눈동자를 물끄러미 바라본다. 그걸 이제야 알았느냐 하는 눈빛이다.

"그러게. 왜 안 그랬을로……. 춘희 가가 무단시리 학교 때려치울 성격이가, 어데."

"아이들한테 따돌림도 당했지만, 그것보다는 미치광이 선생한테 괴롭힘당한 게 더 힘들었을 거예요. 요즘 같았으면 당장 잘렸을 선생인데, 그 학교에서 정년 퇴임을 했더라고요. 이사장한테만 안 찍히면 되는 사립학교였으니까요."

처음 듣는 얘기다. 미치광이 교사라니. 나도 모르게 부르르 몸서리가 쳐진다.

"아이고 무셔라. 선생이 어예 아를 괴롭히노. 나는 춘희가 입에다 작꾸 딱 채우고 죽어도 말을 안 하이, 서울내기 얌체들한테 억수로 치이가 그런갑다 했지. 미친갱이 선생이 학교마다 한 명씩은 있다 그더마는 하필 우리 춘희가 재수 없그러 그런 인간한데 딱 걸리뿄노."

미치광이 교사가 학교마다 한 명씩은 있다는 얘기는 내가 초등학교 다닐 때 들은 얘기다. 지금은 문 닫은 산골 학교지만, 내가 다닐 때는 학년마다 반이 두 개씩은 있었다. 좁은 동네에 그 인간의 명성이 어찌나 자자하던지 6학년 때 그의 반으로 배정이 되자 정말 학교에 가기가 싫었더랬다.

나이를 짐작할 수 없는, 기름기로 번들거리는 얼굴에 머리가 벗어진 그 미치광이는 다른 것도 아니고 검사와 체벌에 미쳤었다. 그는 엄청난 공포 분위기를 조성하며 하루에도 열 번 이상 무언가를 검사해 댔다. 숙제 검사, 청소 검사는 당연지사고, 국민교육헌장을 외우나 못 외우나, 점심 도시락이 잡곡밥이냐 쌀밥이냐, 가방에 학생다운 물건만 얌전히 들어 있나 만화책이나 군것질감 같은 엉뚱한 게 들어 있나, 머릿니가 있나 없나, 손톱 발톱을 잘 깎았나 안 깎았나 검사했다. 딴 반도 그런 검사를 하기는 했어도 어쩌다 했지 우리 반처럼 시도 때도 없이 하지는 않았다.

검사만 한 게 아니라 검사 결과에 따라 가혹한 체벌을 한 게 더 큰 문제였다. 국민교육헌장 토씨 하나 틀렸다고 얼마나 맞았던가. 여학생들이 브래지어를 했나 안 했나 검사한 것은 지금 생각하면 성희롱 죄에 걸리고도 남을 일이다. 발육 상태가 좋지 않아 유방이 나오지 않았을 뿐 아니라 브래지어라는 물건이 있는 줄도 몰랐던 깡촌 여자 아이들이 단지 브래지어를 하지 않았다는 이유로 엎드려 뻗쳐 자세를 한 채 교편으로 엉덩이를 두들겨 맞았다. 아, 생각만 해도 욕이 나온다. 미친 변태 새끼. 그 새끼는 월급 받는 재미보다 애들 때리는 재미에 선생질을 했던 게 분명했다.

내가 그 선생 얘기를 했더니 울산 살던 동갑내기 사촌이 그랬다. 학교마다 미치광이가 한 명씩은 있다고. 자기네 학교에는 돈에 미친 할머니 선생이 있는데, 가정환경 조사서를 토대로 학생들을 1번부터 70번까지―우리 반은 겨우 스무 명 남짓이었는데, 도시에선 칠십 명, 팔십 명 되는 반이 허다하댔다―줄 세워 놓고 때로는 노골적으로 때로는 교묘하게 돈을 알겨낸다고 했다. 학부모 다루는 수완도 어찌나 좋은지 대략 1번부터 20번까지 학생 엄마들은 선생한테 뇌물 갖다 바치느라 정신이 없고, 20번부터 50번 정도의 학생들은 스스로 용돈을 아끼고 폐품을 팔아 선생에게 상납할 돈을 마련한댔다. 50번부터는 거의 가망 없는 가난뱅이들이어서 육성회비를 못 냈다든가 무슨무슨 성금을 못 냈다든가 하는 이유로 두들겨 맞기 일쑤라고.

"니는 몇 번인데?"

사촌의 눈망울이 하늘을 향했다.

"50번 밑이지 뭐. 50번 밑으로는 다 똑같다."

나는 고개를 끄덕거렸다. 70번 근방이겠거니 어림만 했다. 시골에서도 지어 먹을 땅뙈기 한 점 없었던, 도시로 나가서는 닥치는 대로 막일을 해 겨우 굶지나 않고 사는 작은아버지. 애들 입이라도 덜어 보겠다고 방학만 되면 우리 어머니가 싫어하건 말건 무조건 우리 집에다 애들을 짐짝처럼 부려 놓는 형편이었으니.

"울 학교 미친갱이만 무서운 줄 알았디이 느그 학교 미친갱이도 만만찮다 그쟈?"

"말이라꼬. 내가 참말로 그 미친갱이 할망구 때문에 학교 댕기기가 싫다 아이가!"

"중학교 가도 맹 미친갱이 선생이 있겠제?"

"있을 확률이 99프로다."

이를 앙다문 사촌의 확신에 나는 겁을 먹었다.

"옴마야……."

울고불고 떼를 썼더라면 중학교까지는 다닐 수도 있었을 것을, 내가 초등학교만 졸업하고 미련 없이 춘자 언니를 따라 여공 생활을 시작한 데는 그때 그 대화의 영향이 컸다. 하지만 여공 생활 역시나 팍팍하기 그지없었기에 춘희만큼은 고등학교를 졸업시켜 공순이 딱지를 면해 주고 싶었더랬다.

"춘희 가는 아예 좋은 인연이든 나쁜 인연이든 선생하고 인연이 많네?"

정란이 애매한 표정으로 나를 바라본다. 그러고 보니 정란도 선생이다. 정란을 연관해 한 말이 아니었는데, 어쩌면 정란은 자신이 춘희에게 좋은 인연이었을까 나쁜 인연이었을까 고민하고 있을지 모른다. 백 프로 좋은 인연은 아니었다손 치더라도 구태여 나쁜 인연이었을 까닭 또한 없건만, 정란의 마음 한구석에 똬리 틀었을 죄책감을 나는 이해할 수 있을 것 같다. 나 역시 춘희에게는 늘 그런 마음을 가지고 있으니까.

애초에 나부터 가기 싫었던 중학교에 춘희를 왜 밀어 넣었을까? 고향 중학교도 아니고 말도 인심도 모두 낯선 객지의 중학교에다. 공장 다닐 때는 또…….. 내 딴에는 최선을 다하려 했다지만…….. 말하자면 나는 공장에서 춘희의 강하고 약빠른 보호자였다. 어디서나 눈에 불을 켜고 춘희를 돌봤으니까. 내가 봐주지 않으면 당장이라도 몸 다치고 돈 빼앗기고 영혼까지 붕 떠 버릴 아이라는 걸, 나는 직감으로 느꼈으니까. 그래서 공장에서는 반장놈이나 불량한 공돌이놈에게 걸릴까 전전긍긍했고 집에서는 문

단속에 각별히 신경을 썼다. 그런데 일은 되레 야학에서 터졌다.

"내하고 춘희하고 같이 댕기던 야학인데 국어하고 영어 갈차 주던 대학생이 쫌 잘생겼더랬어. 그래 그 선생 짝사랑하는 여학생들이 쫌 있었지. 근데 그 선생이 한 열댓 명 되는 학생들 중에서 우리 춘희만 쳐다보는 기라. 춘희가 가 맨얼굴로도 뽀사시하고 이뿌기사 이뿌지마는 선생이 그래 대놓고 차별을 하마 안 되잖아. 그 선생 때문에 춘희가 다른 여학생한테 욕도 많이 얻어묵었다 아이가."

"연애도 했나요?"

"연애? 뭐, 어예 보마 연애라고 할 수도 있겠지. 옴팡 이용당하다가 걷어차인 것도 연애라 그마."

춘희가 행복해한 날이 없었던 건 아니지만, 그 인간과 사귄 3년여, 춘희는 끊임없이 무시받고 폭행당하고 낙태 수술을 두 번이나 받았다. 그러다 그 인간이 임용고시를 보고 정식으로 발령받으면서 춘희는 정식으로 버림받았다. 흥분해서 따지고 드는 나에게 그 인간이 했던 말을 잊을 수 없다. 자기는 그리 나쁜 사람이 아니다, 제 아이를 두 번이나 뗀 여자인데 웬만하면 결혼을 하고 싶다, 그러나 춘희가 너무 답답하고 말이 안 통해서 도저히 데리고 살 자신이 없다, 뭐 그런 얘기였다. 물컵을 엎고 멱살잡이를 하려는 나를 춘희가 말렸다. 소리는 조금도 내지 않고 진주알 같은 눈물만 방울방울 흘리던 춘희……

춘희는 실어증에 걸린 사람처럼 하루에 한두 마디도 하지 않고 감정 없는 기계처럼 집과 공장만 오갔다. 버는 돈은 모두 늙은 부모님 수발과 남동생 뒷바라지에 쏟아부었다. 내가 고향 남자와 연애를 하고 결혼해서 귀향할 때까지도 춘희는 다른 남자를 사귀지 않았고 공장도 그만두지 않았다. 처음에는 부모님이, 다음에는 우리 자매들이 건실한 남자들을 많이도 소개해 주었건만 한번 닫힌 춘희의 마음은 열리지 않았다.

그러던 춘희가, 꼼짝없이 독신으로 늙어 죽나 싶던 춘희가, 작년에 네팔 사람 샤말을 데리고 우리 농장에 찾아온 것이다. 마석 가구공단에서 7년 넘게 일했다는 샤말은 노동자라기보단 학자 같은 인상에 춘희보다 일곱 살이나 어렸다. 한겨울 길바닥에 쓰러져 있던 그를 춘희가 구해 주었다니 하늘이 맺어 준 인연이라 해야 하나.

샤말은 한국말을 좀 하기는 하지만, 서툴다. 그런데 참 희한하기도 하지, 둘 사이에는 오히려 오해가 없다. 샤말은 늘 춘희의 언어를 이해하려고 온몸을 곤두세우는 사람이다. 언제나 자기가 잘못 들었을 수도 있다는 전제를 하고 춘희의 말에 귀를 기울인다. 어쩌다 소통이 어긋나더라도 춘희 탓을 하는 게 아니라 자기 탓을 한다. 춘희도 마찬가지다.

"샤말도 선생이다 아이가. 네팔에서 한국 오기 전에도 선생이었다 그데. 선생 월급은 얼마 안 되고 대가족 멕이 살리야 되고 그래가 한국 왔다 그더라. 지금은 동생들이 다 커가 지 밥벌이를 하이 그 부양 책임은 면했제. 그래가 별 부담 없이 네팔에 돌아가가 맹 또 선생질한다 아이가."

정란이 먼저 시선을 옮긴다. 개밥바라기별을 보는 걸까? 그런 것 같다. 어쩜 춘희도 저 별을 보고 있을까? 네팔 집 마당에서 샤말의 팔을 베고 누워서. 여기랑 거기랑 시차가 세 시간쯤이랬지. 여기가 아홉 시 반이니 거긴 여섯 시 반. 별 볼 시간은 아니고 저녁밥 먹고 있겠군.

"저 시화가 어디에 있었나 그마, 소설책 속에 낑기 있었거든. 근데 그 소설책 제목이 '춘희'라. 자기는 그런 책이 있는 줄도 몰랐는데 정란이가 갈차 줬다 그러면서 그 책을 그래 애끼더라꼬."

"춘희가 그 책, 읽었어요?"

"몰라, 그거는. 가가 원래 책 좋아하는 아는 아닌데, 그만침 끼고 살았으이 혹시 또 읽었을지도 모르지. 그냥 정란이 니가 보고 싶어가 그 책을 끼고 있었는지도 모르고."

정란이 얼굴을 돌린다. 어깨가 가늘게 떨린다.

정란

전화기 액정에 모르는 번호가 떴다. 받지 말까?

양쪽 코가 다 막히니 만사가 귀찮다. 힘을 주어 풀어도 시원치 않고 되레 귀까지 멍해진다. 2분 정도 간격으로 오른쪽 머릿골에 번개처럼 내리치는 편두통도 감당을 못 하겠다. 처리해야 할 문서도 많고 시험문제도 내야 하는데, 손에 안 잡히는 것은 물론이고 머리가 돌아가지를 않는다. 조퇴를 할까? 수면제 섞인 감기약 먹고 후끈 데운 방에 누워 푹 자고 싶다.

"조정란 샘, 전화 왔는데? 안 받으세요?"

지나가던 1학년 부장 이 선생이 내 팔꿈치 옆 책상을 톡

톡 두드린다. 내가 또 멍 때리느라 전화기 진동을 못 느끼고 있을 거라 생각한 모양이다. 오지랖도 넓은 사람. 내가 모르는 번호라 받기 싫다고 한마디 하면, 학부모 전화일지 모른다, 선생들은 어떤 경우에도 오픈마인드여야지 문을 닫아걸면 안 된다, 어쩌고저쩌고 열 마디 조언 혹은 질책이 따를 터. 그게 더 귀찮아서 전화기를 든다.

"민수 어머니시죠?"

상대방이 다짜고짜 묻는다. 내가, 여보세요, 라고 하지도 않았는데. 전화기를 귀에 바짝 가져다 붙인다.

"네, 그런데요?"

심장박동이 저절로 빨라진다. 아, 내가 이 세상에서 제일 자신 없는 일이 민수 어머니 노릇. 무슨 일일까?

"저는 민수 담임이에요."

젊은 여자 목소리다. 학기 초에 한 번 통화한 적이 있는.

"어머니, 너무 놀라진 마세요. 민수가……."

놀라지 말라는 얘기에 되레 심장이 털렁 내려앉는다. 전화기를 다른 손으로 바꾸어 쥔다.

"민수가요?"

"민수가 반 친구한테 조각도를 던졌어요. 김성신이라는 아이인데, 오른쪽 가슴에 맞았고요."

오른쪽? 나도 모르게 오른쪽 가슴을 만진다. 심장이 있는 곳은 왼쪽이지?

오른쪽 머릿골에 번쩍 번개가 친다. 미간을 찌푸리며 신음을 깨문다. 숨을 못 쉬겠다.

"그게, 어쨌든 칼이다 보니까 교복 윗도리가 찢기고 와이셔츠랑 내의에 살짝 피가 배어 나왔어요."

"가슴에 상처가 났다는 말씀인가요?"

"상처 자체는 아주 작아요. 살짝 긁힌 정도? 좀 전에 병원 다녀왔거든요. 의사 선생님이 그냥 알코올 솜으로 닦고 밴드 하나 붙여 주시더라고요. 겨울이고 천만다행으로 성신이가 재킷까지, 그것도 오리털 재킷으로 제대로 챙겨 입고 있었어요. 와이셔츠만 입은 상태였다면, 상처가 훨씬 더 깊었을 텐데요."

불행 중 다행이다. 일단 숨부터 쉬고.

후우.

땀 때문에 전화기가 미끌거린다.

"선생님, 오해는 하지 마시고요. 혹시 성신이가 먼저 민수를 괴롭히거나 하지는 않았나요? 민수가 괜히 그러지는 않았을 텐데요."

"성신이가 지나가다가 민수 필통을 건드려서 필통이 교실 바닥에 떨어졌나 봐요. 그걸 가지고 민수가 화를 내면서 조각도를 던졌다고 하네요. 원래 학교에 칼 같은 건 가져오지 못하는 건데."

"민수가 공예를 배우기 시작해서 그래요. 조각도를 칼이라고 할 수 있나요?"

목소리가 기어들어 간다. 불현듯 후회가, 자책감이, 무어라 이름 붙일 수 없는 불쾌한 감정이 해일처럼 밀려온다.

공예를 시키지 말걸. 무슨 특출한 재능이 있다고. 차라리 낳지 말걸. 생긴 애를 어떻게 안 낳아. 결혼을 안 했으면 모를까. 그러게, 차라리 결혼 같은 걸 하지 말걸. 민수 아빠를 만나지 말걸. 동아리에 들지 말았어야 했어. 대학을 가지 말걸. 그냥 머리 깎고 절에나……

"자세한 건, 조사를 더 해 봐야 알아요. 저도 정신이 없어서, 성신이 양호실 데려다주고 양쪽 부모님들께 전화드리는 겁니다. 성신이 부모님은 지금 당장 학교로 오신댔어요. 민수 어머니도 오실 거죠?"

어쩌겠어요. 가야죠.

말없이 고개를 끄덕이다, 나는 지금 상대방과 영상 통화를 하고 있지 않으며, 수화기 너머의 그녀는 소리 나는 대답을 기다린다는 사실을 깨닫는다.

"네, 선생님. 갈게요. 어쨌든 죄송합니다."

또다시 번쩍, 누런 불꽃이 머릿골을 내리친다.

민수

억울하다. 김성신은 나쁜 새끼다. 그 새끼는 옛날부터
나만 보면 괴롭혔다. 장난인 척하며 아프게 치고 때렸다.
장난인 척하며 더러운 욕을 하고 장난인 척하며 내 물건
을 망가뜨렸다. 이번엔 그 새끼가 나한테 칼 던지라고, 그
칼 못 던지면 넌 좆병신이라고 욕을 했다. 그 새끼가, 내
필통, 일부러 건드려 떨어뜨리고, 그래서 필통에 있던 내
예쁜 색연필들, 엉망으로 부러지고. 내가 그것들을 얼마나
정성 들여 깎았는데, 그거 하나하나 깎을 때마다 내 미래
도 그처럼 색색으로 예쁘기를 상상하고 꿈꾸며 기도했는
데. 그래 놓고 사과도 안 하고. 내가 화나서 조각도 움켜쥐

고 부르르 떠니까, 마침 내 손에 그게 잡혀서 잡았을 뿐인데, 그 새끼가 자꾸만 저한테 던지라고, 빨리 던지라고, 못 던지면 좆병신이라고……. 다른 애들까지 빙 둘러서서는 사내새끼가 칼을 잡았으면 던져야지 던지지도 못할 걸 왜 잡았느냐고, 어떤 새끼는 나한테 거시기는 달렸느냐고, 내가 하도 어이가 없어서 웃으니까, 눈치도 좆나 없는 새끼가 계집애처럼 배시시 처웃는 꼬라지 보라고…….

내가 이런 얘기를 하려 해도, 아무리 하려 해도, 아무도 들어 주지 않는다. 너는 가만있어, 가만있으라니까, 다 큰 놈이 왜 이렇게 분위기 파악을 못 해, 윽박지르기만 한다. 김성신 엄마는 우리 엄마를 고양이 앞의 쥐처럼 몰아세우고, 엄마는 쥐구멍도 못 찾은 쥐처럼 바르르 떨며 울고, 김성신 아빠는 팔짱 끼고 보고만 있다. 우리 아빠는 어디 있는지 모르겠는데, 아빠는 차라리 몰랐으면 좋겠고, 엄마 선에서 어떻게든 해결이 됐으면 좋겠다. 하지만 김성신 엄마는 엄마 목을 찌를 듯이 손가락을 흔들어 대며 같은 얘기를 하고 또 한다.

"쟤, 조폭이에요? 말로 하면 될 일에, 왜 칼을 던져요? 그 집에서는 애를 그렇게 가르쳐요? 성질 뻗치면 칼 던지라고? 엄마가 선생이라면서 애를 그렇게 가르치느냐고 묻잖아요? 왜 대답을 못 해요? 나는 미용실에서 파마 약에

찌들어 살아도 애 교육은 그렇게 안 시켜요. 자기 애 가정 교육도 똑바로 못 시키면서 무슨 자격으로 학교에서 애들을 가르쳐요?"

엄마가 목청을 가다듬고 무슨 말을 하려 하지만, 말이 나오기도 전에 김성신 엄마의 손가락이 나를 향한다.

"덩치 저만한 애가 칼을 던진 건, 살인미수예요, 살인미수. 알겠어요? 청풍 김씨 삼대독자 김성신이가 오늘 학교 교실에서 칼 맞아 죽을 뻔했다고요! 알겠어요?"

드디어 엄마 입에서 말이 나온다.

"성신이 어머니, 정말 죄송합니다만, 자꾸 화만 내지 마시고……."

"지금 화가 안 나게 생겼어요? 애가 교실에서 칼 맞아 죽을 뻔했는데, 화가 안 나게 생겼어요?"

김성신 엄마의 눈방울이 이번에는 김성신 아빠를 향해 뒤룩거린다.

"지금 이 여자가 무슨 말을 하는 거야? 여보, 들었어? 그렇게 뚱하니 서 있지 말고 말 좀 해! 지금 이 여자가 무슨 말을 하는 거냐고? 나보고 지금 이 상황에서 화내지 말고 입 닥치고 있으란 얘길 하는 거야?"

"그게 아니고, 아이 데리고 병원부터……."

"지금 병원이 중요해요? 병원은 담임 선생님이랑 다녀

왔다지 않습니까? 설마 큰 상처 아니라고 대충 뭉갤 생각하는 거예요? 이건 상처 크기 문제가 아니에요. 사람 심장에 칼을 던졌다는 거, 살인미수 사건이라는 거, 거기 집중하셔야지요. 자꾸 딴 얘기 하지 마시고."

"그래도 병원부터……."

"아니 이 여자가 지금 사람 무시하는 거야, 뭐야? 그딴 얘기 하려거든 경찰서 가서 하자고!"

막무가내로 경찰서에 가자는 김성신 엄마를 김성신 아빠가 말린다. 그리고 남자들끼리 얘기하는 게 좋겠다며 엄마한테 아빠 전화번호를 묻는다.

엄마는 아빠 전화번호도 기억 못 하나? 스마트폰 전화번호부로 검색을 하려는지 핸드백에서 폰을 꺼내긴 했는데, 손에 땀이 나 그런 건가, 자기 폰 비밀번호도 잊어버린 건가, 허둥거리다 또 울 것 같은 표정으로 입술을 깨문다.

어쩔 수 없이 내가 나서서 아빠 번호를 말해 주자, 김성신 아빠가 단춧구멍 눈으로 나를 흘겨본다. 김성신 아빠가 우리 아빠에게 전화를 한다. 어쨌든, 김성신 엄마보다는 덜 무서운 목소리다. 통화를 마친 김성신 아빠가 김성신 엄마 손을 붙들고 무슨 얘기인가를 한다. 김성신 엄마도 지친 모양인지, 가만히 듣고 있다.

담임 선생님이 상담실 문을 빼꼼히 열었다.

"성신이 어머니. 성신이가 엄마를 찾아요."

김성신 엄마가 김성신 아빠 손을 뿌리치고 벌떡 일어선다. 의자가 뒤집어질락 말락 흔들거린다.

"아이고 내 새끼."

담임 선생님이 약간 목소리를 높여 한마디를 덧붙인다.

"배고프다고 전해 달래요."

성신이 새끼. 하여튼 먹는 거는 겁나게 밝히지. 지금 이 상황에서 배고프단 말이 나와?

김성신 엄마가 김성신 아빠 어깨를 툭 친다.

"학교 앞에 햄버거 가게 있더라. 세트로 몇 개 사 와요. 성신이도 먹이고 보건 선생님이랑 담임 선생님도 드리게. 사 들고 보건실로 와요."

김성신 아빠가 손을 내민다.

"돈 줘."

김성신 엄마가 입을 쑥 내밀고 툴툴댄다.

"어이구, 그놈의 돈, 돈. 자식새끼 먹을 건데 자기 용돈으로 좀 사지."

김성신 아빠도 그 단춧구멍 눈을 흘기면서 웅얼거린다.

"요새 햄버거값이 얼만데? 용돈이라곤 쥐꼬리 반 토막만큼 주면서."

김성신 아빠는, 김성신 엄마한테서 만 원짜리 몇 장을

받고서야 상담실을 나선다.

김성신 엄마까지 보건실로 사라지자, 엄마는 핸드백을 뒤져 부스럭부스럭 약봉지를 꺼낸다.

물이 필요할 텐데? 정수기 어디 있지? 저기 있구나. 컵은? 보건실에 있나? 보건실에서 김성신이랑 걔 엄마랑 부딪치기 싫은데? 아, 정수기 옆에 종이컵이 있구나. 내가 얼른 떠다 드려야지.

엉덩이를 떼려고 하는 참인데, 엄마가 일어나 종이컵에 정수기 물을 받아 온다. 민지만큼은 아니더라도 엄마 역시 나보다는 한참 빠른 사람이다. 그저께부터 감기 몸살을 앓고 있어도 그렇다. 나한테는 나만의 속도가 있지만, 이럴 때는 속상하다.

엄마는 가루약을 입안으로 털어 넣고 물을 마시고 휴지로 입 주위를 닦고 코를 푼다. 그리고 의자 등받이에 머리를 기대고 눈을 감는다. 코로 숨을 못 쉬니까 입이 벌어진다. 늘 깔끔한 엄마답지 않다. 엄마가 불쌍하다.

아빠가 왔다. 아빠를 보자마자 엄마 눈에서 굵은 눈물 방울이 후두두 떨어진다. 아빠는 엄마 어깨를 끌어안고 상담실 구석으로 간다. 아빠가 손수건을 꺼내 엄마 눈물을 닦아 준다. 엄마 어깨를 주무르고 엄마 머리카락을 쓰다듬으며 무어라 속삭인다.

김성신 엄마 아빠가 상담실 문을 열고 들어온다. 감자 튀김 냄새가 진동한다. 김성신 엄마 블라우스에는 붉은 토마토케첩이 묻었다.

아빠가 허리를 90도로 꺾으며 인사하고 김성신 엄마 아빠에게 명함을 한 장씩 돌린다. 김성신 엄마 아빠가 눈썹을 찌푸리고 명함을 읽는 사이, 아빠가 엄마 팔짱을 끼고 그들 앞으로 가서 나란히 무릎을 꿇는다.

아빠!

나는 너무 놀라 숨이 딱, 멎을 것 같다.

대체 이건 무슨 시추에이션? 무릎 꿇고 뺨 때리고 하는 거는 드라마에서나 나오는 일 아닌가? 아빠는 드라마 안 보는데?

"민수야, 아빠 옆으로 와라."

아빠 말을 어길 수는 없다. 좀비처럼 어기적어기적 일어나 아빠 옆으로 간다.

아빠가 내 손을 잡더니 아래쪽으로 힘을 준다. 나도 꿇으란 거다. 엉거주춤, 좀비처럼 이상한 자세로 꿇는다.

아, 그냥 이대로 머리부터 발끝까지 좀비가 돼 버렸으면 좋겠다. 좀비로 사는 게 인간으로 사는 것보단 편할 거 같다.

영규

아이가 뒷자리에서 울먹울먹, 전후 사정을 이야기한다.
그림이 빤히 그려진다. 아이는 급우에게 놀림을 받았고
조각도를 들었고 던지라는 성화에 못 이겨 던졌다. 상처
는 별거 아니지만, 어쨌거나 급우의 가슴에 칼을 던진 사
건이라 일방적으로 가해자가 됐고 살인미수 얘기까지 들
었다.

나로선 화도 나지 않고 그저 한숨만 난다. 내 아들 민수
를 내가 모르랴. 조각도라도 제대로 들고 맞짱 뜨는 아이
였으면, 내 얼굴이 이렇게 화끈거리지는 않으리라.

아내는 조수석에서 끊임없이 안전벨트를 잡아당겼다

꼬았다 한다. 굉장히 불안하고 힘겨울 때, 제 곁에 있는 무언가를 꼬아 대는 건 아내의 틱이다. 자기도 자기가 그러는 줄 모를 것이다.

아내의 전화를 받고 허둥지둥 학교로 향하던 길, 나는 일단 무릎부터 꿇고 보자고 전술을 짰다. 우리나라 사람들은 눈에 보이는 굴복의 표지를 좋아한다. 그 표지 중 제일 눈에 띄는 행동은 무릎을 꿇는 것이다. 높은 자리에 앉아, 혹은 선 채로, 무릎 꿇은 자를 굽어보면, 어떤 분노든 증오심이든 한 레벨 떨어지게 마련이다.

김성신이라는 아이 부모도 마찬가지였다. 단박에 눈빛부터 누그러졌다. 김성신 엄마는 보라색 파마머리에 아이라인 문신이 짙어 인상이 무척 드셌다. 나중에 계좌번호가 적힌 명함을 받고 보니, "당신의 머리카락에 윤기와 아름다움을 드리는 주미영 헤어살롱"이라고 적혀 있었다. 김성신 아빠는 뒷머리에 베개 자국이 선명하고 옷차림이 편안했다. 집에서 자다가 소식을 듣고 뛰쳐나온 듯했다. 아내에게 얹혀사는 남자가 분명했다. 실금처럼 가느다란 눈매와 입술, 아내의 절반밖에 안 될 깡마른 몸피로 보아 꿍하고 소심한 성격 같았다. 그들 부부 앞에서 중학교 교사라는 여자와 멀쩡한 대기업에 다니는 양복 입은 남자가 나란히 무릎을 꿇었으니, 게다가 문제의 아이도 함께 꿇어앉았으니 그들로서는 근래에 맛보기 힘든 승리감을 만끽하지 않았을까. 내가 의도했던 바가 바로 그것이다.

그다음부터는 쉬웠다. 나는, 자식 문제로 직장 조퇴하고 경찰서를 드나든다는 것 자체가 얼마나 큰 스트레스인지, 대한민국 경찰이 대질심문이네 현장검증이네 어쩌고 하면서 사람을 얼마나 오라 가라 괴롭히는지, 경찰서에 근무했던 적이 있는 사람처럼 실감 나게 설명했다. 그리고 이 사건은 학교 폭력에 해당되므로 학교 폭력 관련 위원회에 회부되면 의견 진술이네 진상 조사네 하여 그것 역시 직장 가진 부모에게 보통 힘든 일이 아니라는 점을 좀 과장되게 이야기했다.

"성신이하고 부모님 놀라신 거 생각하면 턱도 없는 금액입니다마는, 병원비, 교복값, 오리털 점퍼값, 정신적 충격 보상비, 합하여 이백만 원에 합의하면 어떨까요?"

주미영 씨가 쭈뼛거리며 50만 원만 더 쓰라고 했고, 나는 곧바로 받아들였다. 법대로 하자고 자존심을 세웠으면 변호사 비용만 해도 최소 500만 원이다. 250만 원이면 그 반값에 불과하다. 시간도 낭비하지 않게 되었고 귀찮은 일도 면했다. 모두 무릎을 꿇은 덕이다. 다시 생각하면 무릎을 꿇은 것 자체가 하나의 기선 제압이었다.

켜 놓았는지도 몰랐던 라디오에서 다섯 시 정각 신호음

이 울린다.

다섯 시. 상무님과 미팅 시간 잡아 놨었는데, 탁 대리가 잘 막아 줬으려나?

김 상무와 탁 대리 생각을 하던 뇌리에 라디오 긴급 속보가 흘러든다.

"내무반에서 상습적으로 구타와 가혹 행위를 해 후임병을 숨지게 한 이모 병장 등 다섯 명을 상해치사 혐의로 구속 기소하고 나머지 한 명은 폭행 혐의로 불구속 기소했다고 밝혔습니다. 국방부에 따르면 이 병장 등은 지난해 12월 전입한 윤 일병에게 내무반에서 오전 세 시까지 기마 자세로 서 있도록 해 잠을 못 자게 하고 치약 한 통을 통째로 먹이기도 했습니다. 이것도 모자라 누워 있는 윤 일병에게 1.5리터 물을 부어 고문하고, 바닥의 가래침을 개처럼 기어 직접 핥아먹게 하는 등 말로 표현하기 힘들 만큼의 구타와 가혹 행위를 서슴없이 저질렀습니다. 동료 부대원들은 윤 일병이 맞아서 다리를 절룩거리는데도 개의치 않고 폭행했습니다. 심지어 폭행으로 일어나지 못하는 윤 일병에게 포도당 수액 주사를 맞혀 회복시킨 뒤 다시 구타하기도 했고, 그것도 모자라 성기에 안티푸라민까지 바르는, 인간으로서는 상상할 수 없는 고문을 가했습니다. 이들 가해자들은 사건이 외부로 알려져 문제가 되자 '윤 일병이 TV를 보다 갑자기 쓰러졌다'며 서로 입을 맞추는 등 사건을 은폐하려 한 정황까지 포착된 것으로 알려졌습니다."

나는 뜬금없이 와이퍼를 작동시켰다가 얼른 끈다. 무언가가 흐른다고 착각했는데, 눈물도 아니고 빗물도 아니다. 어떤 추억, 어떤 감정이 흐르고 있다. 정수의 점호가, 멍텅구리의 느려 터진 동작이……. 그리고 내 아들 민수, 뒷자리에 오도카니 앉아 제 상념에 빠져 있는 민수, 군대든 가혹 행위든 저하고는 아무 상관 없는 일로 여기고 있을 민수, 나를 닮은 데가 있든 없든, 틀림없는 내 자식인 민수의 과거와 현재, 어쩌면 미래까지도.

여전히 안전벨트만 만지작거리는 아내는 라디오 따위에 귀 기울이지 않는 게 분명하다. 아내에게도 군대, 가혹 행위 따위는 남의 일에 불과할 게다. 아마 오늘 있었던 일을 바둑판 복기하듯 곱씹고 있으리라. 성신이 엄마 얘기는 물론이고 자기가 한 말, 하지 못한 말도 끝없이 리플레이하겠지. 이렇게 얘기할걸, 저렇게 얘기할걸, 왜 그 얘기를 못 했을까 자책하며. 그래 봤자 득 볼 일 하나 없는데. 소심한 사람.

하긴 아내가 어찌 알랴. 울고 싶어도 울지 못하고 얼굴을 신문지처럼 구길 수밖에 없는 남자 마음을. 적어도 아내의 인생에는 다만 울었다는 이유로 코뼈가 어그러지도록 두들겨 맞은 더러운 경험은 없었을 테니까.

가슴이 뜯먹거린다. 내가 겪어 본 바, 민수 같은 아이는 학교에서든 군대에서든 직장에서든 패배자가 될 수밖에 없다. 많이 달라졌다지만 한국 사회는 조금도 달라지지 않았다.

라디오에서는 귀에 익은 팝송이 흘러나온다. 컨트리로즈 테이크 미 홈 투 더 플레이스 아이 빌롱 웨스트버지니아 마운틴 마마……. 내가 좋아하는 노래다. 우리도 집으로 가고 있다. 웨스트버지니아는 아니고 서울 변두리의 연립주택이지만.

티어드랍 인 마이 아이. 나는 울지도 못한다. 민달팽이 같은 무언가가 내 얼굴뼈 사이사이를 기어가는 느낌에 그저 얼굴을 오만상으로 구기고 또 구길 뿐이다. 눈알이 빠개질 것같이 아프다. 아내는 제 슬픔에 겨워 내 얼굴이 어떻게 일그러졌는지 모른다. 모르는 편이 낫다.

정란

3월이라지만, 봄기운은 조금도 느껴지지 않는다. 비가 내려서 그런가, 고작 여덟 시밖에 안 됐는데 한밤중처럼 어둡고 인적도 드물다.

민수는 어디 있을까. 이럴 때 연락하라고 휴대전화기를 사 준 건데, 지금 아이 손에 그게 없다. 아이는 전화기를 찾겠다고 저녁밥도 안 먹고 학교로 돌아갔다. 그러곤 세 시간째 감감무소식이다. 집에서 학교까지 걸어서 20분, 전화기 찾느라고 30분쯤 헤맸다 쳐도 일곱 시 전에는 돌아왔어야 한다.

혹시나 불량배들한테 걸려서 얻어맞고 있는 건 아닐까.

어두운 빗길에서 뺑소니를 당한 건 아닐까. 퍽치기라든가? 뒤통수를 때려 기절시킨 뒤 지갑을 빼앗아 가는 나쁜 놈들도 있다던데. 시계 초침 소리를 따라 심장도 덜컹거리는 느낌에 아무 일도 못 하고 창밖만 내다본다.

여덟 시 십 분. 퇴근하고서 민지 데리러 원주까지 간 남편은 금요일 저녁의 교통 정체를 피하지 못하고 꽉 막힌 도로 위에서 브레이크를 밟았다 뗐다 하고 있을 것이다. 그래도 백일장에서 금상을 탄 민지와 함께 있으니 지루한 줄도 모르고 피곤한 줄도 모를 테다. 운전 중인 사람에게 연락해 봤자 아무 도움이 되지 않을뿐더러 막상 연락을 하기에도 애매한 시간이다. 더군다나 경찰서에는. 딸아이도 아니고 사내아이가 고작 여덟 시 어름에 귀가를 안한 게 무어 그리 대수냐고, 다 큰 아들을 품 안에서 내놓지 않으려는 올가미 엄마 아니냐고 되레 나에게 도끼눈을 흘기지 않겠는가.

아홉 시. 아홉 시까지만 기다려 보자고 마음먹고서도 가만히 앉아 있질 못하겠어서 식탁에서 식어 가는 김치찌개 냄비를 가스레인지에 올려 데우다, 그릇에 퍼 놓았던 밥을 도로 밥통에 넣다, 싱크대 음식 찌꺼기 거름망을 비우다…… 누군가 일시 정지 버튼을 누른 듯 모든 생각과 행동을 멈춘다. 불안에 옥죄여 가만히 있진 못하겠는데,

불안에 옥죄이다 못해 잠깐잠깐 가만히 서 있게 된다.

도어락 키패드 누르는 소리에 현관으로 달려간다. 문이 열리고, 민수가 빗물 뚝뚝 듣는 우산부터 들이민다.

"그건 밖에다 펼쳐 놔. 집 안에 비 냄새 날라."

민수가 말을 못 알아듣고 우물쭈물한다. 한 번 더 말하려다 관둔다. 더는 잔소리를 하고 싶지 않다. 오늘 잔소리 총량은 이미 채웠다. 내가 슬리퍼를 신고 민수 우산을 받아 현관문 바깥 복도에 펼쳐 놓는다.

"왜 이렇게 늦었니?"

엄만 너 걱정하다 죽는 줄 알았다.

민수가 흙 묻은 운동화를 벗고 어슬렁어슬렁 거실로 가서 재킷을 벗는다. 나는 재활용품 박스에서 신문지를 찾아 민수 운동화 밑에 깔고 민수가 벗어 놓은 방수 재킷을 툭툭 털어서 베란다 빨래걸이에 넌다. 그리고 찌개 냄비를 식탁 냄비 받침 위에 올리고, 미리 꺼내 놨던 반찬통 뚜껑들을 열고, 전기밥솥에서 밥을 푼다.

"배고프지? 얼른 와서 밥 먹어."

민수가 식탁 의자에 앉으며 전화기를 내민다.

"찾았네?"

그런데 전화기 액정이 박살 나 있다.

"쓰레기통 뚜껑 위에 떨어져 있었어요. 학교 뒤편에 있는 쓰레기통인데요, 전 그 쓰레기통 근처에 가 본 적도 없어요. 3학년 1반 교실하고 식당하고 화장실하고 딱 세 군데밖에는 안 갔는데…… 누가 높은 데서 일부러 떨어뜨린 거 같았어요."

이번에는 심장이 덜컹거리는 게 아니라 아리다.

"누가 그런 거 같니? 생각나는 사람 있니?"

민수가 새끼손가락으로 미간을 몇 번 긁다가 말한다.

"오늘 2반에서 김성신이 왔다 가긴 했어요. 괜히 책상한 번 밀고 머리 한 번 쥐어박고 갔어요."

몰랐던 사실이다.

"매일 그러니?"

"매일은 아니고 이틀에 한 번 정도? 걱정 마세요, 엄마. 저 이제 학교에 조각도 같은 거 안 가지고 다니잖아요."

입에서 하, 단김이 난다. 살인미수 운운하며 삿대질을 해 대던 보라색 파마머리의 면상이 떠오른다. 지금 이 순간, 그년이 내 눈앞에 있고 내 손에 조각도가 쥐여 있었다면…….

그 일 있고서 민수는 조각도를 비롯한 공예 도구들을 싹 버렸다. 좀 더 참을걸, 왜 그랬는지 모르겠다는 말도 했다. 우리 민수 착하다고 칭찬하기는 했지만, 그때도 속이 편치는 않았다.

"그래도 걔가 제 폰을 가져가서 떨어뜨렸다는 증거는 없으니까 의심하면 안 돼요."

할 말이 없다. 민수가 앉은 의자 뒤로 가서 민수 손에 숟 가락을 들려 주고 화단을 둘러보는 척 베란다로 나간다.

추워도 봄은 봄이라고 남편이 사다 놓은, 아기 입술 같 은 꽃봉오리 두 개를 품은 동백나무 화분. 겨울을 이겨 낸 율마 화분, 대파 몇 뿌리 심긴 스티로폼 상자. 죽은 사철나 무를 뽑아 낸 빈 화분에 뾰족뾰족 돋아나는, 민들레인지 바랭이인지 모를 새싹들. 돌볼 것도 손 갈 데도 없는 비좁 은 베란다. 거실과 통하는 통유리 미닫이를 닫는 동시에 눈물샘 빗장이 풀렸는지 눈물이 빗물처럼 쏟아진다.

저 아이에게 무슨 말을 해야 할까. 계속 머리를 얻어맞 아도 참으라고 할까. 한 번쯤 들이받으라고 할까. 무술을 배우고 근육을 만들라고 할까. 아님 선생님한테 이르라고 할까. 이미 학교 폭력 가해자로 낙인찍힌 민수가 하는 말 을 선생님이 곧이 들어 줄까.

나는 교사로서 낙인찍힌 아이들을 어떻게 대해 왔나. 가해와 피해가 뒤섞여 있기 일쑤인 학교 폭력의 현장에서 나는 어떻게 처신해 왔나. 한때 시인의 꿈을 가졌던 나는, 내 어린 제자들 문제를 처리할 때 시적 정의를 구현하고 자 조금이라도 노력은 하고 있는가. 뒤탈 없는 게 최고라고 그저 매뉴얼만 따르고 있지 않은가.

오늘 학교에 휴대폰을 두고 온 것 같다는 민수를 나는 얼마나 지겹도록 다그쳤던가. 학교 어디? 어디 두었는데? 잘 생각해 봐. 마지막으로 휴대폰을 들여다본 게 언제 어디서였는지 잘 생각해 보라고. 그러게 엄마가 뭐랬니? 물건을 어딘가에 둘 때는, 아무 생각 없이 두지 말고, 나는 지금 리모컨을 거실 테이블 위에 올려 둔다, 나는 지금 휴대폰을 내 점퍼 주머니에 넣어 둔다, 하는 식으로 속옛말을 하라고 했니 안 했니? 제 물건도 하나 제대로 간수 못하면서 어떻게 어른이 될래? 어른 한 사람이 간수해야 할 물건이 얼마나 많은 줄 아니? 너 휴대폰 잃어버린 거, 이번이 두 번째다. 이번에 못 찾으면 휴대폰 안 사 줄 거야.

내 딴에는 엄마 노릇을 하느라고 그랬다. 약정 기간도 할부금도 남지 않은 구형 폰이라 금전적인 손해를 보지도 않을 거였고, 민수에게 휴대폰이 없으면 불편한 쪽은 민수가 아니라 나라는 걸 모르지도 않았다. 아이가 뭐 잃어버렸다고 할 때 꾸지람도 안 하고 새 물건 사 줘 버릇하다 아이를 망칠까 봐, 내가 나 편하자고 아이한테 너무 물렁하게 군다는 남편의 질책에 수긍하는 바가 있어서, 오늘따라 더 따끔하게 야단을 쳤더랬다.

그래야만 했던 걸까. 모르겠다. 정말 모르겠다……

그놈의 휴대폰이 중요해 봤자 한낱 물건에 불과한 것을, 그거 찾으라고 찬비 내리는 어두운 저녁에 아이를 몇 시간이나 헤매게 만들었다. 따지고 보면 아이 잘못도 아닌 것을. 아이는 저한테 익숙한 어떤 곳, 이를테면 가방이나 재킷 주머니에 잘 넣어 두었을 뿐이고, 길거리 걸으면서도 스마트폰에서 눈을 떼지 못하는 중독자가 아니기에, 학교 파하고 집에 도착할 때까지 그곳에 잘 있으리라 믿고 구태여 확인하지 않았을 뿐인데.

민수가 유리 미닫이를 톡톡 두드린다. 아이 키가 훌쩍하다. 일 년 새 10센티미터도 넘게 컸으니. 어딘가 균형이 맞지 않고 주눅 들어 보이는 앨캉한 몸피가 안쓰럽다. 저녁밥을 먹어 그런가, 낯빛은 그래도 환하다.

"엄마, 걱정하지 마세요. 나, 스마트폰 같은 거 없어도 살 수 있어요. 이제 폰 없이 살래요."

"그럼 너, 웹툰은 어떻게 볼 건데?"

"컴퓨터로 보면 되죠."

민수가 소파에 비스듬히 눕더니 텔레비전 리모컨을 들고 애니메이션 채널을 찾는다.

"티브이도 재밌고요."

소파 발치에 방석을 깔고 앉아 민수를 돌아본다. 나는 민수와 눈을 맞추려 하지만, 민수의 시선은 텔레비전에 꽂혀 있다.

요즘 애들한테 스마트폰이 어떤 의미인데, 잠시라도 스마트폰이 손에 없으면 불안해진다는데, 눈앞에 사람을 두고도 메신저로 대화한다는데, 민수 너 이러는 거 비정상이야. 왜 자꾸 이상하게 구니? 진짜 사회생활 포기할 생각이야? 엄마는, 네가 이 사회에서 어찌 됐든 남들 틈에 섞여 무던히 사는 모습을 보고 싶어. 엄마 마음, 몰라? 모르겠어?

속에서 부글부글 끓어오르는 말들을 다 꾹꾹 눌러 뚜껑을 덮고 말을 고르고 고른 다음에 입을 뗀다.

"그럼 옛날 휴대폰 사 줄까? 폴더폰 있잖아. 엄마 학교에도 그거 갖고 다니는 애들, 몇 명 보이더라. 다 착하고 개념 있는 애들인데 말이야. 어때, 민수야. 웹툰은 안 보더라도 전화 통화는 해야 하잖아. 문자메시지 보내야 할 때도 있고."

민수가 천하태평의 무심한 눈빛으로 내 얼굴을 잠시 살피고는 또 텔레비전에 시선을 고정한다.

"통화를…… 꼭 해야 되는 건 아니잖아요. 저랑 통화하는 사람, 엄마밖에 없는걸요."

심장이 빠작빠작 타들어 간다. 눈앞이 뿌예진다.

"엄마밖에 없어도……. 엄마는 너랑 통화해야 돼. 너 어디 있는지 모르고 통화도 안 되면 엄마, 말라 죽어."

아이는 말이 없다.

마흔셋, 조정란의 좌표는 어디인가. 진작부터 일그러진 포물선, 초점도 잃고 준선도 놓쳐 버린 좌표. 아이 양육도, 일도, 꿈도, 삶도, 모두 갈피를 못 잡고 가리산지리산 갸웃거리는 형국.

뜬금없이 춘희 얼굴이 떠오른다. 춘희가 보고 싶다.

춘희야…… 춘희야……. 잘 살고 있는 거지? 춘희야, 나도 말이야, 슬프게 끝나는 얘기는 싫어. 춘희야.

민지

볼일을 다 봤는데도 화장실 문을 못 열겠다. 안방 침대에서 엄마가 울고, 아빠가 엄마를 달래고 있어서다. 지금 나가면 엄마 아빠가 부끄러워할 것 같다. 작년까지는 그런 거 신경 안 썼는데, 이상하게 열두 살 되니까 신경이 쓰인다.

에이, 거실에서 좀 더 기다릴걸. 오빠가 화장실을 너무 오래 쓰기에 안방 화장실에 온 건데. 폰이라도 들고 왔음 안 심심할 텐데, 지루하고 좀이 쑤셔 죽겠다.

여보, 어쩌지. 우리 민수, 어쩌지.

엄마는 아까부터 저 말만 한다.

말을 해 봐. 민수 저런 게 하루 이틀이야? 왜 또? 무슨 일 있었어?

아빠가 답답해한다. 듣는 나도 답답하다.

그러게요, 엄마. 말을 해야 알죠. 엄마가 아는 사실을 다른 사람도 다 알고 있다고 생각하면 안 되잖아요. 가만 보면 엄마랑 오빠랑 하는 짓이 좀 비슷하다니까요.

엄마가 헛기침을 요란하게 하더니 입을 뗀다.

김성신 걔가 지금도 가끔씩 찾아와서 민수를 괴롭히나 봐. 책상 밀고 머리 때리고. 민수는 대응도 안 하고 그냥 바보처럼 당하기만 하고.

아흐!

아빠가 신음 소리를 낸다. 이를 가는 소리도 들린다.

그리고 있지, 오늘 휴대폰을 잃어버렸다가 찾아왔는데, 누가 몰래 가져가서 떨어뜨린 거 같대. 액정이 다 부서졌어. 근데 민수가 뭐라는 줄 알아? 이제 휴대폰 필요 없대. 휴대폰 없이 살 거래. 그게 중학생 아이가 할 소리야? 요즘 애들이 휴대폰을 목숨처럼 중하게 여기는 거 당신도 알잖아. 근데 있지. 걔 통화 목록에 있는 번호가 내 것 하나뿐이야. 여보, 우리 민수, 도대체 어떻게 살고 있는 거야? 내일 민수 쟤를 학교에 보내는 게 옳을까, 안 보내는 게 옳을까.

아빠가 한숨을 푹푹 쉰다.

에이 씨발.

아빠가 욕을 한다. 이러니 내가 화장실 문을 열 수가 없는 거다.

이민……. 여보, 우리 이민 가 버릴까? 우리 민수, 저래 가지고 한국에서 못 살아. 군대에서 죽거나 사회에서 죽거나. 여보, 이 문제, 지금까진 나 혼자 생각해 왔는데, 이제는 당신하고 진지하게 의논할 때가 온 거 같아.

나, 진지해. 너무 진지해. 우리 민수만 살 수 있다면 나 뭐든 할 수 있어.

엄마 목소리에 울음기가 가셨다. 엄마도 참. 이민이 무슨 대단한 얘기라고. 인터넷 보면 다들 이민, 이민 하던데. 우리 초딩들까지 학원 가기 싫거나 시험공부 하기 싫으면 이민 가고 싶다고 노래를 부르는데.

알아, 여보. 그런데 이민이라는 게 오늘 결정하고 내일 떠나는 문제는 아니잖아. 차분히 생각해 봐야 해. 우린 돈도 충분치 않고 영어도 능숙지 않고 기술도 없잖아. 게다가 젊지도 않아. 뭘 해서 아이들이랑 먹고살 거야?

남들은 기러기 아빠도 잘만 하더만?

그게 말이야, 여보. 내가 의사, 변호사 같은 전문직에 월급이 돈 천만 원 넘으면 당신하고 민수, 민지, 내일 당장이라도 내보내지.

아빠의 한숨 소리가 커진다. 나는 아빠 편이다. 엄마는 뭐랄까, 좀 감정적이고 계산이 정확하지 않다.

기러기 생활을 하자면, 차라리 내가 애들 데리고 나가야 해. 현실을 직시해야지. 나, 언제 잘릴지 모르는 회사원이야. 당신도 사오정 얘기는 들어 봤을 거 아냐. 내 나이가 지금 딱 사오정이라고. 이 악물고 최대한 버텨도 오십까지가 한계야. 당신 직장이 훨씬 튼튼해. 당신이 여기서 벌고 내가 애들 데리고 나가면 나는 거기서 주방 보조나 청소 같은 막일이라도 닥치는 대로 할 수 있다고. 당신은 그런 거 못 하잖아. 영어도 안 되고. 나도 영어가 유창한 건 아니지만, 서바이벌은 할 수 있으니까. 어쨌든 시간을 두고 찬찬히 생각해 보자고. 우리한테 민수만 있는 것도 아니고 민지 입장도 생각해 봐야 하잖아.

민지한텐 좋지 뭐. CNN 기자가 꿈이라며?

우리 민지라면 어디서든 잘 해낼 거 같긴 한데…….

내 말이.

차근차근 생각하자니까 그러네. 나한텐 당신도 걱정거리야, 알아? 당신, 너무 쉽게 우울해지는 성격이잖아. 나는 당신이 여기 혼자 남아서 기러기 엄마 생활, 정상적으로 해낼 거 같지가 않아.

내리사랑의 힘으로 버텨야지 뭐. 지금 나한텐 나 자신보다도 자식이 중요해.

그건 나도 마찬가지지만……. 오늘 진규한테서 전화 왔어. 진규는 가까이 사니까 한 두어 달에 한 번씩은 아버지 집에 들러 보거든. 그런데 요즘 아버지가 이상하대. 자꾸 이상한 소리를 하고 행동도 이상하고.

어떤 행동을 하시는데?

식탐. 호박 같은 걸 조리도 안 하고 아귀아귀 드신대. 오이도 아니고 호박을 말이야.

치매?

글쎄. 조금 더 지켜보다가 우리 삼 형제하고 당신하고 모여서 의논을 해야 할 거 같아. 진규는 처랑 별거 중이고 곧 이혼할 거라니 굳이 끌어들일 필요 없고. 민규도 오래된 애인이 있다지만 이런 일을 의논할 상대는 아닌 것 같아.

나도 맏며느리 노릇 한 것 없는데.

난들 장남 노릇 한 거 있나 뭐. 아버지하고 연을 끊다시피 했다고 생각했는데, 끊다시피 하는 거하고 완전히 끊는 거하고는 다른가 봐.

부모 자식 인연이 완전히 끊어지겠어?

그러게. 조만간 삼 형제가 얼마큼씩 갹출해서 요양병원

같은 데 알아봐야 할지도 모르겠어.

설상가상이네.

그러게 말이야. 답이 없다, 답이 없어. 인생도 사지선다형 객관식이었음 좋겠다, 그치? 정답 딱 정해져 있고 말이지.

엄마가 코 킁킁거리는 소리. 아빠가 휴지를 찾는지 방 안을 왔다 갔다 하는 소리. 엄마가 코 푸는 소리.

당신, 귀밑머리가 언제 이렇게 하얘졌어?

아빠가 놀란 목소리로 말하자, 엄마가 또 울음을 터뜨린다. 아빠가 한숨을 쉬며 엄마를 안아 주는 것 같다. 엄마가 초딩처럼 엉엉 운다.

내 입에서도 한숨이 터져 나온다. 울고 싶다, 나도.

왜 이렇게 다들 불쌍하지? 회사에서 언제 잘릴지 모른다는 아빠도 불쌍하고 오빠 걱정에 눈물 마를 날 없는 엄마도 불쌍하고 휴대폰 통화 목록에 엄마밖에 없다는 오빠도 불쌍하다. 호박을 날것으로 드신다는, 언제 봤는지 기억도 가물가물한 할아버지도 불쌍하다. 학교 대표로 백일장 나가서 금상 탄 날 밤에 축하도 못 받고, 바깥 동정이나 엿보며 화장실 변기 위에 엉거주춤 앉아 있는 나, 김민지. 김민지도 조금 불쌍하다.

영규

햇살은 환하고 하늘은 새파랗고 구름은 희다. 잔디는 푸르고 나무들은 늠름하다. 도시는 우중충한 데 하나 없이 깨끗하고 사람들 중 열에 아홉은 복권에라도 당첨된 것처럼 표정이 밝다……. 사진 애플리케이션으로 채도와 명도를 최대치로 높인 느낌. 브리즈번이라는 도시의 첫인상이다.

황 사장의 하얀색 혼다 밴 조수석에 타고 민박집으로 가는 길, 나는 창밖 풍경에서 시선을 떼지 못한다.

"황 사장님 진짜 좋은 데 사시네요. 부럽습니다."

사거리 신호등 앞에서 브레이크를 밟는 황 사장에게 말

을 건다.

나는 그의 본명을 모른다. 그가 운영하는 인터넷 카페 별명, 카카오톡 아이디가 황 사장이기 때문에 황 사장이라 부를 뿐이다. 그는 내 본명이 김영규라는 사실을 알면서도 김 사장이라 불렀다. 김 사장 소리도 듣기 거북하지만, 이제 김 부장이라 부르랄 수도 없다. 김 씨나 영규 씨도 어감이 별로다. 결국 쥐뿔도 아니면서 서로 사장이라 불러 주는 한국 중년 남자들의 허세를 참아 보기로 한다.

황 사장이 운전대를 잡은 채로 나를 곁눈질하며 애매한 미소를 짓는다.

"저는 김 사장님이 부러운걸요. 한 달 배낭여행 다니러 오셨다면서요? 한국에 살면서 호주 여행 오시는 분들이 저는 제일로 부럽습니다."

"하하, 그래요?"

속내가 궁금하지만, 일단 덮어 둔다. 그에게 일주일치 숙박비를 미리 지불했으니 앞으로 맥주 한잔 하며 툭 터놓고 얘기할 기회가 없지 않을 테다. 내 사정이 간단치 않듯, 그에게도 곡절이 있겠지. 말이야 바른대로 말이지 남의 나라에서 산다는 게 어디 쉽기만 하랴. 카페 게시판과 카카오톡으로 대화할 때 내가 이민을 위해 사전 조사차 방문한다는 얘기는 하지 않고 그냥 배낭여행이라 둘러댔으니, 황 사장이 나를 자유로운 영혼을 가진 전문직 종사자쯤으로 어림했음 직도 하다.

3월에 아내에게 운만 슬쩍 떼었던 이민 얘기가, 4월에 내가 명예퇴직 후보군에 오르면서 급진전되었다. 회사에선 퇴직금에 일 년치 연봉을 얹어 주고 한 달 유급휴가를 줄 테니 퇴사 준비를 시작하라고 했다. 직급이 부장이라 노동조합에 호소할 처지도 아니었고 버틴다고 버텨질 상황이 아니라는 판단이 섰다. 기왕에 이민 생각도 하고 있었던 터라 수긋이 받아들이기로 했다.

아내와 의논하고 이민 관련 책도 읽어 보고 인터넷도 뒤져 보고 하다가 호주를 1순위 이민 후보국으로 올려놓고 브리즈번행 비행기표를 끊었다. 성수기가 아니라서 비싸지는 않았지만 그래도 최저가를 검색하고 또 검색하여 인천공항 출발, 광저우 경유, 브리즈번에 도착하는 중국남방항공 비행기표를 샀다. 브리즈번에서 7일, 호주 국내선 저가 항공편을 이용하여 남쪽 해안 도시 애들레이드로 가서 5일, 렌트카로 그레이트 오션 로드를 달려 호주 제2의 도시 멜버른 도착, 거기서 7일 머물다 장거리버스 그레이하운드를 타고 시드니로 가서 나머지 일정을 채우고 돌아오는 긴 여정이다. 일주일 이내의 짧은 일정으로 동남아시아나 중국, 일본을 다녀온 적은 있지만, 이렇게 긴 시간

비행하고 한 달이라는 시간을 보내는 여행은 평생 처음이다. 그것도 가족 없이 나 혼자라니.

고개를 툭 떨어뜨렸다가 제풀에 놀라 눈을 번쩍 뜬다. 잠이 들었었나? 별 탈 없이 호주에 도착해 황 사장을 만나고 그의 차에 옮겨 탔다는 안도감에 경유 노선으로 스무 시간 이상 비행한 피로가 몰려온 탓도 있을 거다. 아직껏 허리가 아프고 귀가 먹먹하다. 살짝 어지럽기도 하다.

테두리 있는 모자를 쓰고 클래식한 디자인의 교복을 입은 학생들이 웃고 떠들며 지나간다. 민지한테 저런 영국식 모자를 씌우고 저런 교복을 입히면 어떨까. 어울린다. 우리 민지는 여기서도 잘 적응하겠다 싶다. 민수는 어떨까. 안 그래도 자신감이 없는 아이인데, 말까지 어버버 하면 더 적응 못 하지 않을까? 십 대들의 유다른 충동성, 공격성은 세계 공통인 것을, 여기라고 민수가 괴롭힘당하지 않는다는 보장이 있을까? 가족이 떨어져 사는 대가를 치르면서까지 민수를 이곳으로 데려온다고 무슨 대단한 미래를 기대할 수 있을까. 군대에 안 가도 된다는 것? 사실 그게 민수한테는 굉장한 메리트다. 하지만 직장은? 호주 경제도 안 좋다는데, 말도 안 통하는 느려 터진 이방인을 여기선들 선뜻 받아 줄까.

"다 왔습니다."

황 사장이 그림처럼 예쁜 타운하우스 앞에서 리모컨을 누른다. 철문이 스르르 열린다.

"리모컨이 없으면 어떡하죠?"

"저기 쪽문 보이시죠? 저리로 다니시면 됩니다. 키패드가 있는데 패스워드 누르면 열립니다. 이따 제가 쪽문 패스워드하고 와이파이 패스워드하고 두 개를 카톡으로 보내 드리겠습니다."

"네."

황 사장이 주차장에 밴을 세운다. 동남아 리조트에서나 보던 야자수가 푸른 하늘을 찌를 듯 높이 서 있다. 그 옆으로 선베드가 대여섯 개 놓여 있고 꽤 큰 수영장이 있다. 수영장 옆 잔디밭에는 지붕이 있는 나무 식탁과 긴 의자가 있고 전기 바비큐 기계가 떡하니 설치돼 있다.

이런 데 살면서 뭐, 내가 부럽다고? 말이야 막걸리야.

차 문을 열고 내리는데, 햇빛이 너무 강해 눈을 못 뜨겠다. 오기 전에 의사에게 들은 말이 있는지라 얼른 조끼 앞주머니에서 선글라스를 꺼내 쓴다.

"지금 계절이 어떻게 됩니까?"

"5월 말이니까 여름에서 겨울로 이행하는 중이지요. 이곳은 봄가을이 없고요, 여름 햇살은 해 뜰 때부터 질 때까지 너무너무 따갑고 겨울 햇살도 한낮에는 따갑습니다.

한국에선 겨울에 굉장히 추운 날씨를 살을 에는 추위라고 말하잖습니까. 여기선 햇살이 살을 엡니다. 살을 태닝하는 정도가 아니라 화살처럼 파고든다는 말씀입니다. 아주 징글징글한 햇볕입니다."

황 사장이 '징글징글'을 발음하며 눈썹과 입술을 일그러뜨린다. 그냥 하는 말이 아니라는 뜻이리라. 내가 체감하기에도 호주 햇살의 강도는 확실히 한국과 비교할 수 없을 정도다.

"이런 수영장과 바비큐 시설이 있는 줄은 몰랐습니다. 이건 뭐, 가정집이 아니라 호화 별장 같네요."

"웬만한 타운하우스에는 다 공용 수영장이 있습니다. 별거 아닙니다. 일반 가정집에도 수영장은 흔하고요. 12개월 중에서 대략 9개월은 한국 여름처럼 더운 곳이거든요, 여기가. 그런데 여기 사는 한국 사람들은 수영장 있는 집을 싫어합니다. 수질 관리하고 청소하는 게 다 일이고 돈이거든요. 여기 한국 사람 중에 바쁘다고 방치했다가 수영장에 물이끼 끼고 개구리가 번식한 집이 있었어요. 이웃 사람이 시티 카운슬에 신고해 가지고 벌금을 9백 불인가 두드려 맞았답니다. 여긴 그래요. 자기 집 잔디 안 깎고 놔두잖아요? 벌금 날아와요. 벌금이 어디 작기나 한가요? 과속 조금 해도 기본이 3백 불, 스쿨존 과속은 5백 불 넘습니다. 주차 위반도 위치에 따라 다르긴 한데, 어지간하면 2백 불 넘고요."

머릿속으로 환율 계산기를 두드린다. 벌금이 우리나라보다 다섯 배에서 여덟 배쯤 센 것 같다. 그래도 뭐, 나는 법을 무척 잘 지키는 사람이니까 큰 문제는 아니다. 싱가포르 같은 나라도 벌금이 엄청 세다던데. 그런 나라는 그런 나라대로 장점이 있겠지.

"그리고 저 바비큐 시설 말인데요. 제가 여기 2년 넘게 살았어도 저 바비큐 시설 이용하는 사람을 한 번도 못 봤습니다. 바비큐는 저녁에 자기 집 뒷마당에서 즐기는 거거든요. 뭐하러 귀찮게 그릇이며 고기며 들고 왔다 갔다 하겠습니까?"

그러니까 보통 사람들이 일상적으로 저녁이 있는 삶, 마당이 있는 삶, 가족과 함께하는 삶을 누린다는 거네. 황 사장이 별거 아닌 듯 얘기하지만, 이거야말로 한국에선 보통 사람들이 꿈꾸는 행복의 이미지가 아닌가.

"야외에서 놀고 싶을 땐 아예 차 몰고 공원에 가지요. 고기, 와인, 맥주 같은 거 아이스박스에다 쟁이고, 식기류, 테이블클로스 같은 거 챙겨서 트렁크에 싣고요. 여기는 공원이 워낙 많아서 바닷가든 강변이든 숲속이든 시내 한복판이든 바비큐 장소를 입맛대로 고를 수 있습니다. 땅

덩어리가 워낙 넓은 나라라 그런지 정치인들 마인드가 그래서 그런지 하여튼 공원이 엄청나게 많고 시설이 잘돼 있습니다. 공원에는 대부분 전기 바비큐 시설이 있는데, 누구든 공짜로 이용할 수 있고요. 캥거루나 왈라비 나오는 산속 공원에는 장작으로 불 피우는 바비큐 시설도 있습니다. 카운슬에서 장작도 다 준비해 놓기 때문에 불쏘시개만 가져가면 되지요. 거기는요, 코알라도 있어요. 키 크고 우람한 유칼립투스가 엄청 많거든요. 코알라들이 유칼립투스 이파리 먹고 사는 건 아시죠?"

그건 모르지만, 코알라가 호주를 상징하는 귀여운 동물인 줄은 안다. 그런데 그런 환상적인 장소를 누구나 이용할 수 있단 말인가?

"인터넷으로 미리 신청하고 번호표 받고 그런 절차 없이 외국인도 마음대로 사용할 수 있다고요?"

"그럼요. 공원도 남아돌고 바비큐 시설도 남아도는데 그런 귀찮은 절차를 왜 만듭니까? 호주 사람들이 얼마나 게을러터졌는데요."

공짜 바비큐 시설이 남아돈다! 한국처럼 좁은 땅에 인구 밀도 높은 나라에서는 상상할 수 없는, 땅 넓고 인구가 적은 나라만이 가질 수 있는 축복이리라.

캥거루, 왈라비와 놀다 문득 고개를 들어 유칼립투스

가지에 앉은 코알라를 발견하고 사진을 찍는 민수와 민지. 그 아이들을 흐뭇하게 바라보며 쇠고기 스테이크와 양꼬치를 굽는 나. 아내는 그 맛나다는 애플망고를 꽃처럼 예쁘게 썰어 접시에 담고.

침과 함께 행복감이 입안에 고인다. 처자식과 그런 일상을 누릴 수 있다면 내가 무슨 일을 못 하랴. 영어 공부까짓것, 머리털 빠지도록 하면 되지. 새장가 갈 것도 아닌데 머리털이야 빠지든 말든 상관없다. 하지만 눈은?

눈.

"이쪽으로 가시죠. 유닛 25번 집입니다."

황 사장을 따라가며 눈을 끔뻑거린다. 큰 불편은 없다. 앞으로도 그럴 것이다. 하지만······.

회사에서 의료비 지원 나올 때 확실히 해 두자 싶어 찾은 안과에서 왼쪽 눈이 녹내장이라는 진단을 받았다. 어머니를 실명으로 몰고 간 그 녹내장. 일단 병이 시작되면 증세가 급격히 악화되지 않도록 약물이나 레이저 치료로 관리할 수 있을 뿐 완치를 기대할 수 없는 병. 가만 놔두면 시야가 서서히 좁아지면서 결국 실명에 이르는 무서운 병.

아내에게는 녹내장의 니은 자도 꺼내지 않았다. 원체 걱정을 사서 하는 성격에다 민수 때문에 늘 걱정 가마니를 이고 사는 사람. 그런 아내가 요즘 모처럼 밝아졌다. 호주행에 희망을 거는 것 같다. 나도 되도록 긍정적으로 생각하려고 마음먹었다. 두 눈 다 녹내장이라는 진단을 받지 않은 게 그나마 다행이지 않은가. 멀쩡한 오른쪽 눈이 있으니 사는 데 큰 지장은 없을 거다. 왼쪽 눈도 초기에 발견했으니 의사 말 잘 들으며 노력해 볼 여지가 있다.

12년 전에 이민 왔다는 황 사장은 요즘 한국이 그때보다 더 살기 팍팍해졌다는 사실을 모르고 향수병에 사로잡혀 있는 것 같다. 하긴, 지나간 것은 모두 그리움의 대상이 되고 현재는 언제나 슬픈 것, 뭐 이런 내용의 시도 있지 않나. 그러니까 황 사장 말은 가려들어야 한다.

황 사장의 집은 2층에 방 세 개, 화장실 두 개, 부엌, 거실이 있고 1층에 방 두 개, 화장실 한 개, 간이부엌 겸 좁은 거실, 차고가 있고 꽤 넓은 뒷마당이 딸린 주택이다. 2층은 황 사장네 가족이 쓰고 아래층 두 개의 방을 여행객들에게 단기 렌트한단다. 인근에 집 한 채가 더 있는데, 그것은 워홀러 젊은이나 유학생에게 장기 렌트하는 용도이며 세입자 중 한 사람을 마스터로 지정하여 집세를 깎아 주는 대신 집 관리를 맡겼다고 한다.

"집이 참 좋네요. 카페에 올리신 사진보다 직접 보니까 더 좋은데요."

"어차피 내 집도 아닌걸요. 영주권 딴 지 얼마 안 되었거든요. 영주권 없으면 애들 교육비며 병원비며, 감당이 불감당입니다. 돈을 모을 수가 없어요. 그런데도 제가 뭐에 씌었는지 늦둥이까지 애를 셋이나 낳았지 뭡니까. 이제 애 셋, 메디케어를 받을 수 있으니까 숨통은 좀 트였습니다만, 내 집 마련은 꿈도 못 꿉니다."

"이 정도 집 렌트하려면 세를 얼마 정도 줘야 합니까?"

"이 집은 8백 불인데, 시내에 가깝고 교통 편리하면 9백 불도 넘지요."

"우리 돈으로 계산하면 칠십만 원 어름인 거죠? 많이 비싸지는 않은 것 같네요. 요즘 이십 평 안팎 소형 아파트 월세도 육십에서 칠십만 원 하거든요, 한국에선. 여의도 같은 데선 백만 원도 넘고요."

황 사장이 어처구니없다는 눈빛으로 실실 웃는다.

"한국은 월세고요. 여기는 주세 개념입니다. 8백 불 퍼 윅이라고요."

주세? 퍼윅? 잠깐 헷갈려 하다 per week을 떠올린다. 그러니까 한 달에 집세로만 300만 원 이상 낸다는 얘기다. 심장이 서늘하다.

우리 식구는 방 두 개짜리만 있음 돼. 애들한테 방 한 칸씩 주고 나는 거실에서 자면 되지. 그 정도 규모면 렌트비가 얼마일까 물어보려다 관둔다. 얼마를 생각하든 내 생각보다 비쌀 거 같아서 지레 무섭다.

"아 참, 여기 담배 있습니다."

여행 가방에서 담배 한 보루를 꺼내어 황 사장에게 건넨다. 그가 인터넷 카페에 명시해 놓은 공항 픽업비는 50불, 한 끼 바비큐 식사비는 20불. 그런데 그 두 가지를 담배 한 보루로 퉁칠 수 있다고 했다. 70불보다는 담배 쪽이 당연히 싸기에 인천공항 면세점에서 구입한 것이다.

황 사장이 반색하는 정도가 아니라 눈가에 부챗살을 만들며 활짝 웃는다. 여기 와서 처음 보는 파안대소다.

"아이고, 짐 검사를 용케 통과하셨네요. 감사합니다."

"이게…… 원래 불법입니까?"

나도 모르게 언짢은 기색을 비쳤던지 황 사장이 내 시선을 피하며 담뱃갑 껍질을 뜯는다.

"걸리면 불법이지만 안 걸리면 괜찮은 거죠. 두 갑 반, 그러니까 오십 개비까지만 반입이 허용됩니다. 여기 담배가 한 갑에 20불이 넘어서요. 제 돈으로는 사 피울 수가 없습니다."

뒷마당에서 담배 두 개비를 연달아 피운 황 사장이 바비큐 준비를 한다. 냉장고에서 스테이크용으로 손질된 고기 한 장, 소시지 두 개를 꺼내고 양파 한 개, 감자 한 개를 둥글넓적하게 썬다. 그것들을 한꺼번에 바비큐 철판에 얹어 굽고는 접시에 담고 식빵 두 조각을 곁들인다.

"여기 소금통, 후추통 있고요. 이건 바비큐 소스, 이건 케첩입니다. 취향대로 뿌려서 드시면 됩니다. 피클 같은 거 가져다 드릴까요?"

피클은 당연히 줘야 하는 거 아닌가? 주둥이에 뭐가 찐 득하게 묻은 플라스틱 소스통 쪽으로는 손이 가지 않아 소금과 후추만 뿌린다.

"네. 주시면 고맙지요."

고기는 그런 대로 맛있다. 접시를 싹싹 비우니 얼추 배도 부르다. 하지만 뒷마당 바비큐가 고작 이런 거였나 싶다. 실망감을 눈치챈 황 사장이 서비스라며 맥주 한 캔을 가져다준다. 황 사장 본인 손에도 맥주가 들려 있다.

"호주 사람들 바비큐 파티도 뭐 이렇습니다. 별거 없어요. 원하시면 와인도 한 잔 드릴까요?"

마다할 이유가 없다. 황 사장이 와인 잔 두 개와 와인 한 병을 가져온다.

"여긴 와인이 싸요. 호주 물가가 대체로 비싼 편인데, 뭐가 싼가 하면, 고기, 우유, 빵, 와인이 쌉니다. 이 와인도 한국 돈으로 칠천 원 정도밖에 안 해요."

그와 와인 한 병을 다 비우는 동안 고등학생이라는 두 아들이 돌아온다. 뒤이어 자격증을 취득해 어린이집 교사로 일하고 있다는 이 집 안주인이 다섯 살쯤 돼 보이는 막내아들 손을 잡고 귀가한다. 황 사장은 와인으로 가글을 하고 손부채를 부치며 담배 연기를 없애려 애쓴다. 아내는, 네가 무슨 짓을 했는지 이미 알고 있다는 듯 남편을 쏘아본다. 황 사장이 어쩔 줄 몰라 하며 허둥지둥 아내 뒤를 따라 2층으로 올라간다.

뒷마당에 앉아 있으니 열어 놓은 2층 창문을 통해 황 사장네 식구들이 주고받는 말소리가 다 들린다. 특히 황 사장 아내의 목소리가 도드라진다.

"당신, 대체 정신이 있는 남자야, 없는 남자야? 혹시 밤에라도 픽업 요청 들어오면 어쩌려고 술을 먹어? 온종일 애들한테 시달리고 온 내가 픽업까지 나가야겠어? 그리고 좋은 말 할 때, 담배 내놔. 큰애 이번 주에 과외비 내야 해. 담배라도 팔아야 된다고!"

막내아들이 쿵쾅거리고 큰애들이 툴툴거리는 사이, 누가 요리를 하는지 몰라도 김치찌개 냄새가 솔솔 풍긴다. 이런, 배는 부른데, 김치찌개가 당긴다. 인천공항에서 브리즈번까지 내내 니글니글한 음식만 먹어서 그런가. 매콤한 김치찌개 국물로 속을 다스리고 싶다.

이민 장단점 분석표에서 장점 상위권에 올라 있던 공원 바비큐를 슬그머니 맨 아래로 밀어 버린다. 바비큐는 어찌다 먹는 음식이고 나 같은 토종 한국인이 일용할 양식은 김치찌개, 된장찌개라는 사실을 잊지 말아야 한다.

파란 하늘도 예쁘더니 해 지는 하늘도 참 예쁘다. 휴대폰으로 사진을 찍는다. 한국의 하늘도 이렇게 예뻤나 싶다. 내가 하늘 한 번 쳐다볼 여유를 못 가졌던 것도 같고, 요즘은 미세먼지 때문에 예쁜 하늘 보기가 어려웠던 것 같기도 하다.

와이파이를 켜고 패스워드를 입력하고 카카오톡으로 아내에게 브리즈번의 석양 사진을 보낸다. 브리즈번은 호주에서 세 번째로 큰 대도시라는데, 황 사장 집의 뒷마당에 앉아 있으니 시골처럼 적요하다. 사위가 어두워지자 주먹만 한 별들이 검푸른 하늘에 가득하다.

술기운 때문인지 여독 때문인지 잘 시간도 아닌데 졸리다. 샤워를 하고 정성스레 안약을 넣고 잠자리에 든다. 그런데 막상 누우니까 잠이 달아난다. 황 사장의 늦둥이가 2층에서 뛰는 소리가 조금 과장하면 천둥소리 같고, 고등학생 아들들과 엄마가 다투는 소리도 볼륨을 너무 높인 티브이 드라마처럼 귀청을 쩡쩡 울린다. 아들들 목소리는 장마 도깨비 여울 건너가듯 웅웅거리기만 하는데, 엄마 목소리는 또렷이 들린다. 학교 성적 얘기다. 이걸 성적이라고 받아 왔느냐, 엄마 아빠가 너희 때문에 낯선 나라로 이민 와서 이 고생을 하고 사는데 너희는 왜 그걸 몰라주느냐, 교회 어떤 애는 이번에 퀸즐랜드 대학교 의과대학에 척 붙었다더라…….

밤이 깊어 2층 식구들이 조용해지니까 1층 다른 방에 단기 거주한다는 젊은이 두 명이 들어온다. 조심을 하느라고 하는 모양인데, 먹어야 하고 씻어야 하니 어쩔 수 없이 소음이 발생한다. 방음이 안 돼도 너무 안 되는 집이다.

두 젊은이가 잠자리에 들고 나서는, 또 무슨 이상한 소리가 귀를 괴롭힌다. 분명히 어디서 들어 본 소리인데 정체를 알 수 없는 동물 울음소리 같기도 하다. 이제는 이집이 문제가 아니라 내 귀가 문제인가 싶다.

설핏 잠이 들었다가 추워서 깼다. 방음만 안 되는 게 아니라 단열도 전혀 안 되는 집이다. 벽에서 바람이 술술 들어온다. 담요를 끌어당기다 못해 일어나 앉는다. 벗어 놨던 겉옷을 도로 입고 보니 오줌도 마렵고 목도 마르다.

방문을 조심스레 열고 나가 거실 스위치를 누른다. 화장실에서 소변을 먼저 보고 부엌으로 간다. 젊은이들이 늦은 저녁을 먹고 안 치운 건지 싱크대 주변이 지저분하다. 검은 줄이 꿈틀거리는 것 같아 자세히 들여다보다 나도 모르게 뒷걸음질을 친다. 개미 떼다. 빵가루를 등에 진 개미 떼가 싱크대 벽을 타고 대이동을 하고 있다. 바퀴벌

레가 아니어서 다행인가? 그래도 욕지기가 올라온다. 물도 못 마시겠어서 돌아서는데, 새까만 덩어리 같은 게 쏜살같이 내 발치를 지나간다. 쥐다. 비명이 목구멍을 탈출하기 전에 천만다행으로 이를 악문다. 카페 공지사항에 붉은 글씨로 쓰여 있던 '환불 불가'가 뇌리를 스친다.

정란

인터넷 검색창에 '캐나다 이민'을 치는데, 눈물이 주르르 흐른다. 눈물까지 흘릴 일은 없는데도 이런다. 애초에 호주 답사를 해 보고 아닌 것 같으면 캐나다를 알아보자고 합의하지 않았나. 나도 내가 이상하다. 왜 이렇게 사는 일에 자신감이 떨어지고 불안하지? 신경정신과에 가서 항우울제를 처방받아야 하는 걸까.

아까 여덟 시경, 남편이 멜버른에서 국제전화를 걸어왔다. 국제전화 요금이 무서워 그동안 카카오톡으로 메시지를 주고받거나 보이스톡만 했는데, 민박집에서 고맙게도 인터넷 전화기를 빌려주었다고 한다. 브리즈번에서 애들 레이드로 갔다가 지금은 멜버른에 있다는 남편은 곧 시드니로 옮길 거랬다.

"한 달이 이렇게 길 줄은 몰랐네, 여보. 당신이랑 애들, 보고 싶어 죽겠다. 지금 마음으론 당신이랑 애들만 곁에 있으면 그곳이 바로 천국이야."

"남자가 변덕도 심하네. 헬, 헬 할 때는 언제고?"

"그러게."

"왜, 호주도 헬 같아?"

"자본주의 사회가 돈 없으면 헬이지 뭐. 여보, 그래서 말인데, 호주는 안 되겠어. 영주권 없으면, 교육비, 의료비가 너무 비싸."

"인종차별은?"

"한국에서 막연히 생각할 때는 그게 제일 큰 장벽일 거 같았지. 근데 아니야. 인종차별은 호주 사람보다 우리나라 사람이 훨씬 더 많이 해. 우리는 모두 단군의 자손이고 단일민족이다, 뭐 이런 게 강하잖아. 여긴 다인종, 다문화 사회가 그냥 자연스러워. 인종차별이라기보다는 영어가 안 돼서 발생하는 짜증이나 오해를 인종차별로 혼동하는 경우가 많은 거 같아."

"그럼 진짜로 돈 문제가 제일 커?"

148

"응."

"영주권만 있으면 교육비, 의료비는 해결돼? 그럼 한국에서 영주권 따서 이민 가면 되잖아?"

"그게 말처럼 쉽지 않으니까 하는 얘기지. 우리 형편에 수십억 투자 이민은 꿈도 못 꾸잖아. 그렇다고 기술 이민을 준비하자니 엄두가 안 나. 삼십 대면 몰라도 사십 대는 이미 늦은 거 같아."

"뭔 소리야. 호주 이민 얘기를 꺼낸 사람이 누군데. 하는 데까지는 해 봐야지 왜 초 치는 말만 해?"

"미안해. 인터넷 검색만으로는 실감이 안 나던 게 여기와 보니까 알겠더라고. 이민 얘기 꺼냈더니 여기 교포들이 정말 한 사람도 빠짐없이 말리는 거야. 영주권 없이 무턱대고 왔다가 쪽박 차고 되돌아가는 사람, 숱하게 봤대. 나이라도 젊으면 도전해 본다고 하지, 우리 같은 경우는 정말 아니래."

"웃기고 있네. 그 사람들 집에 민수 같은 아이가 있대? 우리가 어떤 고민을 하고 있는지 그 사람들이 안대?"

"여보, 호주가 아니라는 말이지 이민을 포기한단 말이 아니잖아. 다른 데도 알아보자."

"나는 벌써 호주가 좋아졌단 말이야. 군대 문제는 결국 국방 문제잖아. 모병제 얘기 꺼내면 우리나라가 북한하

149 ● 정란

고 대치 상태이고 그 뒤에는 중국과 러시아가 버티고 있고 어쩌고들 하잖아. 생각해 봐, 호주는 나라 전체가 하나의 커다란 섬이야. 국경이 없어. 우리나라처럼 언제나 전쟁 걱정해야 하는 나라가 아니라고. 그게 얼마나 큰 장점이야?"

"이 사람이 뭘 모르는 소리 하네. 2차 대전 때 일본이 호주 침략했거든. 호주 해안가에 전쟁 기념비 같은 게 얼마나 많은 줄 알아?"

"그래도 우리나라처럼 걸핏하면 북한에서 미사일 빵빵 쏴 대고 핵무기 어쩌고저쩌고하는 일은 없을 거잖아. 어떨 때 가만히 생각해 보면 우리가 제정신으로 밥 먹고 잠자고 일하고 한다는 게 다 거짓말 같다고."

"당신 말도 일리가 있어. 하지만 일단 여기 집세부터가 감당이 안 되는 걸 어쩌겠어. 집세가 정말 상상 초월이야. 여기 멜버른도 비싼데, 시드니는 더 비싸대. 한국인 워홀러, 유학생들이 어떻게 사는 줄 알아? 우리나라 고시원은 양반이야. 렌트할 형편 안 되는 사람들이 집 셰어라는 걸 하는데, 방 하나에 이층 침대 두 개 놓고서 네 사람이 셰어하는 곳도 있고 거실에 칸막이를 치기도 해. 놀라지 마. 베란다에 텐트 쳐 놓고도 살고 계단 밑 공간이나 차고에 간이침대 놓고도 살아. 그런 열악한 잠자리를 셰어하면서 주당 십만 원 넘게 세를 낸대."

"십만 원이면 싸긴 싸네."

"주당! 주당이라니까. 당신, 분명히 월세 개념으로 들었
지?"

그랬다. 주급 개념은 소설책에서 본 적이 있다. 하지만
집세도 그럴 줄이야.

"베란다에 텐트 치고 살면서 월세로 치면 사십만 원씩
을 낸다고?"

"그렇다니까."

충격을 받았는데, 이상하게 화가 났다. 콧구멍에서 씩씩
김이 뿜어져 나오는 기분이었다.

"됐고. 왜 힘들게 사는 사례만 얘기해? 이민 가서 잘사
는 사람도 있을 거 아냐?"

남편은 인터넷 전화기를 빌려준 멜버른 민박집 염 사장
이 바로 그런 성공한 이민자라고 했다. 염 사장 부부는 이
민이 비교적 쉬울 때 호주로 와서 청소업을 했는데, 돈 버
는 족족 사 둔 부동산 가격이 모두 폭등했다 한다. 그렇게
이룬 경제적 여유를 기반으로 아들은 교수, 딸은 의사로
길러 냈단다.

우리 가족 입장에서 롤 모델로 삼을 만한 사례는 결코
아니었다. 땅이 꺼지도록 깊은 한숨이 나왔다.

'캐나다 이민' 옆에 '절대 오지 마라' 하는 연관 검색어가 따라붙는다. 차마 클릭할 용기가 나지 않는다. 캐나다도 아니면, 말레이시아나 인도네시아로 가 볼까. 그냥 제주도나 거제도로 옮길까. 어딘들 안전하며 어딘들 우리 민수를 반길까. 우리가 비빌 언덕은 정녕 이곳 헬조선밖에 없는 걸까.

민수

묵은 김치와 돼지고기를 볶다가 물을 조금 붓는다. 가스레인지 화력을 제일 약한 쪽으로 돌린다. 스마트폰에서 자취생 요리 앱을 켜고 따라 하는 거다.

김치가 부들부들해지면 고추장 한 숟갈 넣고 후춧가루 살짝 뿌리고 마지막에 참기름 좀 넣어도 되고 안 넣어도 되고. 쉽네, 뭐.

앱을 닫자마자, 카카오톡 메시지가 떴다. 엄마다.

민수야, 오늘 저녁 뭐니?

김치찌개. 아빠가 그거 드시고 싶댔어요.

김치 푹 끓여야 하는데?

알아요.

아빠 일곱 시쯤 도착한댔지? 배고프실 테니까 너무 오래 기다리게
하면 안 돼. 엄마도 그때쯤 민지 데리고 들어갈 거야.

네.

그제 저녁인가, 김밥 만드는 데 시간이 너무 오래 걸린
탓에 아홉 시에야 겨우 저녁을 먹었다. 엄마는 내가 또 그
럴까 봐 걱정하는 모양인데, 오늘은 그럴 일이 없다. 밥 다
해 놨고 찌개만 끓으면 되니까.

요즘 저녁 식사는 내가 준비한다. 내 밥을 내 손으로 해
먹을 줄 아는 사람이 되는 것. 먹고사는 문제를 고민하고
고민한 끝에 내린 첫 번째 해결 방안이다. 일단 세끼 밥을
안 사 먹고 내 손으로 해 먹으면 생활비가 엄청 절약되니
까. 그럼 그렇게 해 먹을 식재료는 무슨 돈으로 사느냐?
이 문제는 이따 밥 먹으면서 얘기할 참이다.

엄마는 원래 부엌일을 별로 좋아하지 않는데 잘됐다 싶었을 거다. 내 판단을 존중한다며 곧바로 저녁 식사 준비를 맡겼다. 내가 손이 느려서 저녁이 하염없이 늦어져도 배고픔을 참고 기다려 주는 거 보면 고맙기도 하다. 얄미운 건 민지다. 제가 엄마라도 된 것처럼 잔소리, 잔소리를 해 댄다. 빵이나 과일 같은 걸 실컷 먹어 놓고는 내가 한 음식이 맛없어서 못 먹겠다고 수저를 놓기도 한다.

엄마랑 민지가 들어오고 10분 뒤에 아빠가 왔다. 아빠는 남의 나라에서 고생을 많이 한 것 같다. 원래 허옇던 피부가 엄청 탔다. 수염도 까칠하다. 엄마가 아빠 턱수염 있는 데를 손으로 만지면서 말한다.

"여행도 오래 하니까 되지?"

돼지? 아빠가 돼지? 엄마 눈이 좀 이상한 것 같다.

"엄마, 아빠 살 빠졌잖아요. 돼지 아냐."

민지가 끼어든다.

"오빠! 돼지고기 할 때 돼지 아니고, 힘들지, 고되지, 할 때 되지! 엄마는 그 말을 한 거야."

"멧돼지도 아니고 고돼지가 뭔데? 그런 돼지도 있어?"

민지가 번개 같은 동작으로 스마트폰에서 '되다'를 찾아 보여 준다.

되다: (일이) 힘에 벅차다.

우리 또래는 거의 안 쓰는 말인데, 민지 요 녀석은 정말 아는 것도 많다.

아빠가 코를 벌룽거린다.

"우리 민수가 고돼지를 넣고 김치찌개를 끓였나? 진짜 맛있는 냄새가 나는데?"

"학교 안 다니니까 어때?"

샤워를 하고 나온 아빠가 묻는다. 엄마가 얼음 넣은 오미자주스를 한 잔씩 돌린다. 빨간 오미자주스를 한 모금 마시고 내가 말한다.

"좋아요. 아침에 엄마랑 민지 나갈 때 같이 나가서 도서관에서 책 읽고요, 점심은 도서관 매점에서 먹고 오후 세 시에 체육관 가서 운동해요. 다섯 시쯤 장 봐서 저녁밥 하고요, 밥 먹고는 아무 생각 없이 놀아요. 책도 보고 웹툰이나 애니메이션도 보고요."

아빠가 고개를 끄덕인다.

"무슨 책 주로 읽니?"

"아무 책이나 읽고 싶은 거 읽는데, 소설책을 많이 읽어요. 요샌 만화보다 소설이 더 재미있더라고요. 재미있는 건 빌려 와서 집에서도 읽어요."

"그렇구나. 잡지도 읽고 교양책도 좀 읽어. 독서도 음식처럼 편식하면 좋을 거 없어. 매점 음식은 먹을 만하니?"

"김밥, 라면, 이런 건데요. 좀 질려요. 요리하는 거 좀 더 익숙해지면 도시락 싸서 다니려고요."

"그래. 오늘 김치찌개, 정말 맛있었어. 도시락 싸겠다고 마음먹으면 바로 할 수 있을 거야."

엄마가 유리컵을 식탁에 내려놓으며 헛기침을 한다.

"민수야. 오늘 얘기하기로 한 거, 해 봐."

엄마 아빠의 눈이 나를 향하고, 귀가 나한테로 쏠린다. 긴장이 된다. 민지가 스마트폰 스크롤 내리는 소리마저 들릴 것 같다.

"장 공부를 하려고요."

"응? 시장? 시장 공부를 한다고?"

엄마가 엉뚱한 소리를 한다. 내가 '장'을 분명히 길게 발음했는데도.

"아뇨. 시장이 아니고 자아앙, 말이에요. 간장, 된장, 고추장 할 때 자아앙. 도서관에서 책을 읽었는데, 건강한 맛은 느리게 만들어진대요. 저한테 맞는 거 같아요. 제가 많이 느리잖아요. 돈은 많이 못 벌 거예요. 괜찮아요. 저는 시골에서 가난하게 살 거니까요."

엄마가 손깍지를 하고는 나를 바라본다.

"검정고시 보고 조리고등학교나 생태농업고등학교 같은 데 갈래? 대학도 그런 쪽으로 가고."

나도 손깍지를 하고 엄마 눈을 똑바로 본다.

"검정고시 얘기는 이제 그만해 주세요. 학교 공부는 더 이상 안 할 거예요. 엄마, 저 군대 가서 죽을까 봐 걱정하시는 거 알아요. 그런데 저처럼 초등학교 졸업으로 끝내면 군대 안 가고 공익으로 빠진대요. 그러니까 걱정 마세요."

엄마가 안경을 벗는다. 엄마 눈에서 눈물이 흘러내린다. 아빠가 엄마 손을 잡는다. 아빠도 울고 싶은 얼굴이다.

"된장, 고추장 만들어서 밥이나 먹고 살겠니? 엄마 아빠 살아 있을 적에야 너한테 매달 쌀 한 포대 정도는 보낼 수 있겠지만, 엄마 아빠가 영원히 살 것도 아니고……."

딴짓하는 줄 알았던 민지가 스마트폰을 내려놓고 입을 뗀다.

"오빠가 밥 굶을까 봐 걱정이에요? 우리 엄마 아빠는 진짜, 걱정이 너무 많아요. 그것도 완전 쓸데없는 걱정. 엄마 아빠, 잘 들으세요. 제가 커서 돈 벌면요, 오빠 먹을 쌀은 책임지고 보내 줄게요. 당연히 오빠한테 된장, 고추장은 받아먹겠지만요. 못 받아도 오빠 밥 굶게 놔두진 않을 테니까, 엄마 아빠, 걱정 뚝! 제발요."

정란

4교시 수업 마치고 교무실 내 의자에 앉자마자 전화기가 울린다. 춘실 언니다.

"춘희하고 통화했다. 네팔서 한번 만나자 그러다."

"춘희가요?"

"어. 그 아가 학교도 쪼매밖에 못 댕기고 친구도 없다 아이가. 어예다 생각나는 친구는 정란이 니밖에 없단다. 니 얘기 했드이 반가버 그러다. 겨울방학 하마 내캉 같이 춘희 만나러 네팔 한번 갈래?"

"네, 언니. 같이 가요. 저도 춘희 보고 싶고 네팔도 한번 가고 싶네요."

"그래그래. 요새 사과 수확철이라가 억수로 바쁘거덩. 이번 대목만 지내거든 비행기표 알아보자."

"언니네 껍질째 먹는 사과, 작년에 먹어 본 사람들이 또 찾던데요? 우리 애들도 먹고 싶어 하고요."

"그래? 알았다. 우리 농장에 택배 한 번씩이라도 시킨 손님들 전화번호는 내가 싹 다 갖고 있다 아이가. 문자메 시지하고 카톡하고 돌리야 되겠네. 고맙데이. 바쁜데 고마 끊는다."

"네에."

옆자리 이 선생이 회전의자를 내 쪽으로 돌린다.

"나도 그 농장 고객인데."

"네. 카톡 오면 주문하세요. 믿을 수 있는 곳이에요."

이 선생이 고개를 주억거리더니 가방에서 무언가를 꺼 내어 나한테 건넨다.

"선물이에요."

"어머, 직접 만드신 거예요?"

반야심경이 프린트된 손수건이다. 테두리는 예쁜 꽃무 늬 천으로 퀼트를 했고.

"음, 손수건은 절에서 샀고 퀼트만 제가 했어요. 손바느 질하면서 반야심경을 외우니까 그것도 수행이 되더라고 요. 소중한 사람들한테 한 장씩 선물하고 있어요."

"저도 소중한 사람인 거네요? 감사드려요."

이 선생처럼 올곧으면서 마음 씀씀이가 넉넉한 사람도 드물다. 배울 점이 많은 선배다.

네 귀 접힌 손수건을 펼쳐서 읽어 본다. 한자가 병기되어 있지 않으니 국어 선생이라도 뜻을 잘 모르겠다.

색즉시공 공즉시색은 아는 말이고. 음, 아제아제 바라아제는 옛날 영화 제목으로 유명한 건데?

"선생님, 아제아제 바라아제가 무슨 뜻이에요?"

"아제아제 바라아제 바라승아제 모지 사바하. 가자, 가자. 저 건너 언덕으로 가자. 우리 모두 함께 피안(彼岸)으로 건너가 영원한 깨달음을 얻기를! 오, 텅 빈 찬연한 삶이여."

이 언덕이 싫어 저 건너 언덕을 찾으러 지구 반대쪽까지 갔던 남편이 소득 없이 돌아온 지 얼마 되지 않은 터라 '아제아제 바라아제'의 뜻이 가슴팍에 화살처럼 꽂힌다. 가자, 가자, 저 건너 언덕으로 가자.

남편 삼 형제와 나는 지난 금요일, 시아버지를 모시고 병원에 갔다가 보령 본가에서 가족회의를 했다. 의사는 시아버지의 상태가 노인성 치매 환자치고는 아주 양호한 편이라고 했다. 주기적으로 검진할 필요성은 있지만, 육체적으로는 그 나이 대 평균보다 훨씬 건강한 축이며 가까이에서 돌봐 주는 사람만 있으면 생활하는 데 불편이 없을 거라고 했다. 당장 일상생활이 불가하다고 했으면 바로 요양병원을 알아보자고 했을 텐데, 애매한 진단이 나오는 바람에 누구도 선뜻 말문을 열지 못했다. 결국 남편이 먼저 입을 열었다.

"내가 직장에서 떨려 났단 소식, 너희도 들었지? 미안하지만 내가 장남이니까 모든 짐을 지고 가겠다는 말은 못하겠구나."

큰 시동생이 동조했다.

"물론이죠, 형님. 형님은 아이도 둘이고. 형님 사정은 저희도 다 이해합니다."

"만약 내가 여기 살면서 아버지를 돌본다면, 너희가 내 용돈 정도는 만들어 줄 수 있겠니? 나로서는 다른 직장을 구해 적은 월급이라도 받을 기회를 포기하는 셈이잖아. 너희 형수한테 백수 남편 용돈까지 부담 지울 수도 없고 말이다."

내가 어이없어하는 눈빛으로 남편을 쳐다보자, 남편이 내 손을 꽉 잡았다. 내 눈치를 보던 막내 시동생이 말했다.

"형님, 두루뭉술하게 말하지 말고 정확히 액수를 말해 주세요. 아니면 아버지 집하고 땅을 형님이 단독으로 상속한다는 조건으로 아버지를 좀 맡아 주시든가요."

막내 시동생 어투가 좀 불손한 것 같았던지 큰 시동생이 얼른 말꼬리를 낚아챘다.

"애 말은 형님 의사를 좀 더 정확히 파악한 다음에 따르겠다는 뜻인 거 같습니다. 상속 문제든 뭐든 일 처리를 하려면 뒤끝이 안 남게끔 정확하게 해야지요."

남편이 말했다.

"상속 문제는 아직 한참 뒤 일이고 아버지 의사도 존중해야 하니까 우리끼리 정할 문제는 아닌 것 같고. 너희가 각자 삼십만 원씩, 나한테 용돈을 줄 수 있겠니?"

금액이 예상치를 밑돌았던지 두 시동생의 얼굴에 안도의 빛이 떠올랐다. 남편이 그 자리에서 문자메시지로 계좌 번호를 전송했다.

당시에는 남편 행동이 너무 황당했지만, 나중에 남편말을 듣고 보니 수긍이 갔다.

"민수가 그랬잖아. 시골에서 장 담그면서 가난하게 살겠다고. 나, 그 꿈 지켜 주고 싶어. 여기서 민수하고 같이메주도 띄워 보고 장도 담가 보려고."

남편은 처음부터 민수를 염두에 두고 계획을 짰던 거였다. 열여섯 살 중학교 중퇴생과 마흔다섯 살 백수 둘이서외롭고 긴 기다림 끝에 하나의 꿈을 엮으려고 한 거였다.

"하긴. 퇴직금 몽땅 쏟아붓고 빚까지 내서 치킨집이나 편의점 냈다가 쫄딱 망하는 꼴, 숱하게 봤어. 나도 우리 민지가 아빠 빚 갚느라 등골 빠지는 모습은 죽어도 못 봐."

"내 말이 그 말이야."

다음 날이 토요일이라 민수, 민지까지 데리고 보령에 갔다. 민수는 그곳이 마음에 든다며 한없이 느린 걸음으로 마을 구경을 다녔다.

"첫해엔 우리 식구 먹을거리만 생산한다는 마음으로 아버지한테 농사를 배울 거야. 당신도 봤지? 아버지가 농사를 얼마나 잘 지어 놨는지."

정말이지 시아버지의 참깨밭, 콩밭, 고구마밭은 참빗으로 빗어 놓은 듯 단정했다. 꽃이 활짝 핀 도라지밭은 또 얼마나 아름답던지. 시골집 마당에 일군 텃밭도 칠칠하고 풍성했다. 토마토, 고추, 가지, 호박, 상추, 옥수수 따위가 줄을 맞춰 무성히 자라 있었다. 남편한테 들은 대로 시아버지는 너무 부지런한 사람이었다. 젊었을 적에는 식구들 모두 자기처럼 부지런하기를 폭력적으로 강요했다는데, 지금은 딴 사람이 뭘 하든 신경 쓰지 않고 당신 혼자 텃밭에 엎어져 김을 맸다. 치매 아니라 어떤 것도 그 늙은 육체에 또록또록 새겨진 부지런함을 굴복시킬 수 없을 것 같았다.

"아버지. 이 땡볕에 일하다 쓰러져요. 물 한 잔 드시고 좀 쉬세요."

아들이 아버지에게 손을 내밀었다. 한 슬픔이 다른 슬픔에게 손을 주듯 아버지는 아들을 한참 바라보았다. 한 그리움이 다른 그리움의 그윽한 눈을 들여다보듯 아버지가 아들 손을 잡자, 아들은 아버지를 곁부축하여 대청마루에 앉혔다. 물시중은 내가 했다.

"민수하고 교대로 일주일에 절반은 여기 있고 절반은 서울 올라가 있을게. 나도 여기서만 살지는 못해. 당신하고 민지 보고 싶어서."

"가끔은 민지랑 내가 내려오기도 하지 뭐."

남편이 텃밭에서 수염이 갈색으로 말라 가는 옥수수들만 골라 따서 비닐봉지에 넣어 주었다. 나는 토마토와 가지, 호박을 몇 개 따고 상추도 한 아름 솎아 골판지 상자에 담았다. 그것들을 차에 실은 다음에도 내가 차마 떠나지 못하자, 남편이 내 귀에 속삭였다.

"여보, 너무 불안해하지 마. 당신 보면 '불안은 영혼을 잠식한다'는 영화 제목이 생각나. 잠시 잠깐씩 불안해지는 건 나도 어쩔 수 없는데, 불안이 우리 영혼까지 잠식하게 놔두지는 말자, 응?"

응. 응. 나는 고개를 수없이 끄덕였다.

"점심 먹으러 안 가요?"

이 선생이 의자에서 일어나며 묻는다.

"찰옥수수 좀 쪄 왔어요. 오늘 점심은 그걸로 때우려고요. 선생님 몫 남겨 둘게요."

"어머, 나, 찰옥수수 정말 좋아하는데!"

이 선생이 엄지손가락을 세워 보인다.

"맛있게 드시고 오세요."

"네에."

이 선생이 나간 뒤, 눈을 감고 읊어 본다. 아제아제 바라아제 바라승아제 모지 사바하. 이 언덕에서 저 언덕으로 둥실 떠오르는 느낌에 가벼운 한숨이 절로 나온다.

오, 텅 빈 찬연한 삶이여.

소설을 쓰다 보면 애쓰지 않아도 저절로 감정이입이 될 때가 있다. 이번에 그런 경험을 했다. 선생으로 시민으로 엄마로 아내로 바쁘게 살다가도 노트북 키보드에 손가락을 얹자마자 소설 속 세상으로 순간 이동을 하는 느낌. 실제의 나와 1인칭 화자, 현실과 소설 속 세상이 뒤섞여 꿈틀거렸고 마음에 이슬이 엉겨선 방울방울 떨어졌다.

울고 나면 으레 목이 말라서 페퍼민트차나 국화차를 마셨다. 어떤 날은 허기가 져 고추장에 밥을 비벼 먹기도 했다. 참기름이나 들기름, 깻잎장아찌, 볶은 김치나 무생채를 곁들여.

고추장을 '불안'이라 치면, 불안을 기본으로 무엇을 섞어 비비느냐, 이를테면 분노, 후회, 측은지심, 반항심, 열등감, 인정 욕망, 체념, 공포, 수치심 따위의 감정 목록에서 어떤 것을 골라 얼마만큼 섞느냐에 따라 달라지는 맛깔. 겉보기엔 다 같이 시뻘건 불안이지만 디테일에서는 다 다른 엄마의 불안, 아빠의 불안, 자식의 불안. 내 불안, 네 불안, 그들의 불안…….

소설 한 편에 힘이 있으면 얼마나 있을까마는 울고 나서 마시는 차 한 잔, 비벼 먹는 밥 한 그릇 정도의 힘이라도 있기를 소망한다.

조금 더 욕심을 내 볼까.

엄마와 아빠와 자식이 돌려 읽고 그 '차이 있는 불안'의 속내를 물끄러미 들여다보기를.

제 불안에 눈멀어 자식을, 배우자를 짓누르지 말기를.

오래된 불안을 다독거리며 움싹 같은 희망에 손 내밀어 보기를.

2017년, 햇살 도타운 봄내에서

박정애

---

* 2016년 객주문학관 레지던스 프로그램 덕분에 사과 향 그윽한 청송에서 창작에 전념할 수 있었습니다. 진심으로 감사드립니다.

한 포물선이 다른 포물선에게

2017년 5월 19일 1판 1쇄

지은이 박정애

편집 김태희, 장슬기, 나고은, 김아름 | **디자인** Studio Marzan 김성미
제작 박흥기 | **마케팅** 이병규, 양현범, 박은희

인쇄 천일문화사 | **제책** 정문바인텍

펴낸이 강맑실
펴낸곳 (주)사계절출판사 | **등록** 제406-2003-034호
주소 (우)10881 경기도 파주시 회동길 252 | **전화** 031)955-8588, 8558
전송 마케팅부 031)955-8595 편집부 031)955-8596
홈페이지 www.sakyejul.co.kr | **전자우편** skj@sakyejul.co.kr
블로그 skjmail.blog.me | **페이스북** facebook.com/sakyejul
트위터 twitter.com/sakyejul

ⓒ 박정애 2017

ISBN 979-11-6094-062-6 03810

이 도서의 국립중앙도서관 출판시도서목록(CIP)은
e-CIP 홈페이지(http://www.nl.go.kr/cip.php)에서 이용하실 수 있습니다.
(CIP제어번호: CIP2017008217)